LA DAME AUX LOUPS

© 2020, Berlingen, Annie

Édition : Books on Demand,

12/14 rond-Point des Champs-Elysées, 75008 Paris

Impression : BoD - Books on Demand, Norderstedt,

Allemagne

ISBN : 9782322238873

Dépôt légal : Juillet 2020

Annie BERLINGEN

LA DAME AUX LOUPS

Roman Médiéval

AB

Écrire pour rêver

A vous toutes et tous

que j'aimais, que j'aime

et que j'aimerai par delà le temps.

AB

Écrire pour rêver

„Point n'est besoin d'espérer pour entreprendre,

ni de réussir pour persévérer "

Charles Le Téméraire

Duc de Bourgogne

(1 433 – 1477)

LYSANDRE des ADRETS

Le poète troubadour

1*

CHEMIN DU CHATEAU DU VAL D'OMBRES

Comte de Brioude – Mois de Mai de l'an de grâce

1 258

Sur un sentier cailloteux longeant la lisière de la forêt, cheminait un étrange équipage

- Avance donc, vieillard. Tu te traînes, nous finirons par arriver au château lorsque la herse sera baissée et la grande porte fermée.

- Je vais aussi vite que je peux. Je n'ai plus vingt ans et j'ai mal partout.

- Pour ça oui, tu n'as plus vingt ans mais à cause de tes vieux os, je ne serai pas à l'heure pour chanter au banquet du Seigneur du Val d'Ombres.

- Il ne regrettera pas ton absence, tu chantes comme une crécelle qui aurait perdu une dent, répondit le vieillard en riant.

- Tu peux rire. Tu es bien content de pouvoir manger à ta faim avec l'argent que je gagne.

- Tu plaisantes, manger à ma faim ? Heureusement pour moi que je peux me suffire à moi-même parce que si j'attendais de toi le moindre petit morceau de pain, je serais obligé de me nourrir de légumes sauvages ou bien je serais mort depuis longtemps.

- Tu es un ingrat, tu pleurniches tout le temps. Parfois je te laisserais bien dans un monastère à aider les moines...

- Ben ! Voyons ! Et qui t'accompagnerait aussi bien que moi sans jamais rien dire. Et puis, tu m'ennuies. Je vais m'arrêter là, j'ai assez de lieues sous mes vieilles poulaines pour aujourd'hui.

Le cheval qui parlait ainsi à son maître stoppa net et son cavalier eut beau tirer sur sa bride, il refusa d'aller plus avant.

– Je vais entrer dans la forêt et trouver un endroit où passer la nuit, que cela te plaise ou pas.

– Tête de mule même si tu n'en es pas. Tiens, j'aurais dû en acheter une plutôt que toi.

Le cheval se dirigea vers le bois et s'y enfonça. Il faisait déjà sombre sous le couvert des arbres. Il finit par s'arrêter dans une petite clairière. Les derniers rayons du soleil l'éclairaient d'une douce lumière dorée, les jeunes bourgeons s'ouvraient avec prudence, sortant de leurs cocons duveteux, quelques pâquerettes pointaient timidement leurs pétales au milieu de l'herbe tendre.

– C'est un bien bel endroit, nous y passerons la nuit. Allez, ouste, descends de mon dos, tu commences à peser. Tu n'aurais pas un peu grossi, ces derniers temps ? demanda le cheval

– Tu es vraiment désagréable aujourd'hui, répondit Lysandre. Sais-tu au moins où nous sommes ? Tu es bien sûr de vouloir t'arrêter ici ?

– Ben oui, pourquoi cette question bizarre ? Une forêt, c'est une forêt !

– Celle-ci est le domaine d'une sorcière, celle qu'ici les gens nomment la Dame aux Loups.

– Tu devrais savoir que tout ceci n'est qu'invention de gens peureux et craintifs qui s'effraient du moindre bruit, qui croient naïvement toutes les histoires que vous, les troubadours, pouvez inventer. Jamais personne n'a eu à faire à cette créature, quant aux loups nul n'en a jamais vus dans les recoins les plus sombres de ce bois. Bon, tu descends ou je te désarçonne ?

– Voilà ! Voilà ! Obéir à un canasson, non mais quelle honte. Heureusement que personne ne me voie.

L'homme sauta au bas de sa monture, ôta la selle de son dos et lui retira la bride et le mors.

– Va donc, mon beau. Tu as finalement raison, moi aussi je suis fatigué. Reposons-nous ici cette nuit, nous reprendrons la route demain. Ne t'éloigne pas trop.

Pour toute réponse un hennissement retentit et sa monture s'éloigna, ruant de temps à autre pour dégourdir ses pattes arrière.

Le cavalier posa ses sacs de toile, s'assit dans l'herbe qui commençait à être humide de la rosée nocturne. Il fouilla dans une des besaces, en sortit une miche de pain dans laquelle il tailla une grosse tranche, déroula un linge qui protégeait un morceau de viande fumée. Il en coupa une portion et commença son repas. Il le termina par une pomme toute ratatinée mais très sucrée et but un peu du vin contenu dans une outre en peau. Rassasié, il sentit la fatigue peser sur ses épaules et son dos.

Il voyageait depuis plusieurs jours, pressé qu'il était d'arriver au château du Val d'Ombres où un grand banquet se préparait en l'honneur du seigneur des lieux. Tous les vassaux, tous les chevaliers dépendant du seigneur et toutes les belles dames des alentours y étaient conviés. Il lui fallait donc être présent et sans retard. Il chercha un abri où pouvoir s'allonger en évitant de se retrouver mouillé au matin, les nuits étaient encore fraîches. Il trouva, près d'un grand chêne, un buisson assez touffu sous lequel il se glissa et s'enroula dans son péliçon de drap épais dont l'intérieur était garni de peaux d'écureuil. Il se sentait bien, au chaud et détendu. Alors, le dos calé contre le tronc rugueux de l'arbre, il commença à pincer les cordes de son luth, fredonnant quelques notes d'un nouveau récit qu'il pensait conter aux hôtes de Gauthier de Sancy, Seigneur du lieu.

Lysandre des Adrets, troubadour de son état, voyageait ainsi de château en château et de foire en foire ; il contait en chansons ou en poésies des histoires d'amour, les exploits des chevaliers ou encore les potins amusants ou tristes glanés durant ses pérégrinations. Il était connu et apprécié de tous les seigneurs de la région, ces derniers lui offrant le gîte et le couvert parfois même quelques écus pour qu'il chante ou raconte ses histoires merveilleuses. La nuit était maintenant bien sombre et toutes les étoiles du ciel s'étaient allumées, il rangea son instrument dans une housse en toile, vérifia que son cheval restait près de lui et s'endormit d'un sommeil profond. Il fit un bien étrange rêve : une belle dame venait vers lui, escortée de deux loups magnifiques et impressionnants. Tous trois s'avançaient, s'approchant d'une démarche lente et légère comme s'ils marchaient sur un nuage quand quelques gouttes de rosée tombant sur son visage le tirèrent de son sommeil. Tourmenté par ce songe, depuis quelques minutes il ne dormait plus vraiment : la sensation d'être observé avait mis tous ses sens en éveil. Cependant il se disait que son Caramel de cheval l'aurait averti d'un hennissement sonore si un danger l'avait menacé. La fraîcheur des gouttes l'éveilla complètement, il s'étira dans un bâillement sonore auquel répondit un rire cristallin. Tout à fait réveillé cette fois, il sortit de son abri de feuilles et découvrit dans la naissante clarté du matin... un enfant, un jeune garçon, assis dans l'herbe. Surpris, il se frotta les yeux, les rouvrit : l'enfant était toujours là, et l'observait avec attention.

- Décidément tout va de travers ces temps-ci. Je dois encore rêver. Pourtant cet enfant me semble bien réel, pensa-t-il.

Il se ressaisit, tapota ses vêtements pour se donner contenance et s'avança vers le garçon qui n'avait pas bougé. A peine avait-il fait trois pas que deux têtes émergèrent de l'herbe où elles se dissimulaient. Babines retroussées sur leurs crocs, dans un grognement sourd, deux loups venaient de se lever, menaçants, prêts à défendre l'enfant si Lysandre manifestait le moindre geste inamical.

-- Couchés, les loups, ordonna le petit garçon d'une voix douce mais ferme et autoritaire.

Les deux bêtes se calmèrent et s'allongèrent de nouveau à ses côtés. Le troubadour avait eu le temps de détailler l'enfant. Il devait avoir environ six ans, des grands yeux sombres comme la nuit, un teint doré que la vie au grand air lui avait donné. Ses boucles blondes s'échappaient de son capuchon. Il était vêtu comme les enfants de paysans de braies de toile grise, d'une chemise blanche à manches longues, d'un surcot bleu ; un chaperon gris complétait son habillement. Il avait aux pieds des chausses en peau maintenues par des bandelettes.

Un habillement soigné pour un enfant vivant dans les bois avec des loups, pensa Lysandre.

- Bonjour, Seigneur, dit le garçonnet. Bienvenue dans la forêt de La Dame aux Loups. Êtes-vous perdu ?

- Pas du tout. Mon cheval et moi nous sommes arrêtés ici pour nous reposer durant la nuit et reprendre notre route au matin. Mais vous, jeune homme, que faites-vous en pareil lieu ?

Lysandre restait à distance raisonnable craignant de voir les loups se dresser de nouveau.

- J'habite cette forêt, j'y suis né et ne la quitte que rarement. Je me nomme Quentin et je compte sept années. Ai-je répondu aux questions que vous vous posez sans me les dire ?

- Euh, eh bien, il me manque quelques réponses bien sûr. - *Il est bien perspicace, cet enfant. Lit-il dans mes pensées ? songea Lysandre.*

- Comme quoi, demanda Quentin. Peut-être ce que je fais tout seul dans ce bois ? Interrogez-moi, je vous dirai tout.

- Vivez-vous seul dans ce bois ? Vous me semblez bien jeune pour cela.

- Évidemment non. Je demeure ici avec ma mère, ma vieille marraine, Gaspard, notre serviteur et nos fidèles compagnons. Approchez que je fasse les présentations.

L'enfant s'était levé et les deux loups se dressèrent d'un même mouvement

- Voici Wolf, le mâle et Walky, la femelle. Quel est votre prénom, gentil troubadour ?

- Je me nomme Lysandre des Adrets.

- Wolf, Walky, je vous présente Lysandre. Nous n'avons rien à craindre de lui. Ai-je raison, Messire ?

- Vous le pouvez, Quentin ! Qui voudrait faire du mal à un bel enfant comme vous ?

Sa voix tremblait un peu mais il parvenait à ne rien laisser voir de sa crainte. Les loups s'approchèrent du musicien, le flairèrent tout en tournant autour de lui. Leurs yeux d'un bleu profond le fixaient, lisant au fond de son cœur. Ils le jugeaient, l'étudiaient, le jaugeaient. Leur examen terminé, ils revinrent se coucher aux pieds de l'enfant en émettant de légers grognements.

- Tu peux l'accepter, murmurèrent-ils à Quentin. Son odeur est agréable et il ne dissimule aucune mauvaise pensée, c'est un être franc et loyal.

- Seigneur Lysandre, vous êtes adopté. Ils vous acceptent dans notre domaine. De nouveau, soyez le bienvenu.

- Je vous remercie, Quentin. Votre accueil m'honore.

- Si vous le souhaitez, je vais vous conduire auprès de ma mère et de ma marraine. Gaspard s'est rendu au marché du village vendre des légumes, des fromages et des œufs et acheter quelques provisions.

– Avec grand plaisir, répondit Lysandre que cette découverte intriguait. Puis-je amener, Caramel, mon cheval ?

– Bien évidemment que vous le pouvez. Nous avons un enclos pour nos deux chevaux. Il y sera en bonne compagnie et en sécurité.

– Je vous en saurai gré. N'allons-nous pas déranger votre mère et votre marraine ?

– Soyez sans crainte. Nous ne voyons jamais personne mais puisque mes loups vous ont adopté, elles seront ravies de vous recevoir. En route mes beaux, regagnons la maison.

Il se mit en marche, précédé de ses amis ; Lysandre et Caramel les suivaient.

2 *

LA CHAUMIERE DANS LES BOIS

Comment ces gens peuvent-ils vivre dans un tel endroit ? De quoi vivent-ils ? Comment sont-ils arrivés jusqu'ici et comment personne n'a jamais découvert leur lieu de vie ?

Toutes ces questions tournaient dans la tête du troubadour. Cette situation lui semblait irréelle mais pourtant le jeune garçon était bien là, marchant devant lui avec ses deux loups. La légende de la Dame aux loups serait-elle vraie ? Qu'allait-il découvrir au bout de ce chemin ?

– Patience, se dit-il. Tu auras bientôt toutes les réponses à tes questions.

Ils parcoururent une bonne demi-lieue dans la forêt, s'enfonçant dans ses profondeurs. Des arbres gigantesques la peuplaient, les buissons se faisaient de plus en plus touffus, nul chemin n'était visible et cependant ils progressaient sans difficulté.

- Es-tu sûr de ce que tu fais, chuchota Caramel, à l'oreille de Lysandre ?

- C'est de ta faute ! C'est toi qui as voulu t'arrêter dans cette forêt. Je t'avais prévenu...

- Que dites-vous, Seigneur Lysandre ? Trouvez-vous le chemin trop long ?

- Non, tout va bien. Juste mon vieux cheval qui se plaint de courbatures.

- Pauvre Caramel mais tu verras, lui dit-il, tu vas pouvoir te reposer dans un bel enclos et savourer une herbe d'une tendreté sans pareille. Et puis tu ne seras pas seul. Nous arrivons bientôt.

En guise de remerciement, un doux hennissement lui répondit au moment même où les deux loups se mirent à japper doucement, à remuer la queue en signe de joie.

–– Nous sommes arrivés, dit Quentin

Il écarta ce qui semblait être un buisson touffu mais qui n'était qu'un leurre confectionné de branches liées entre elles. Le portail franchit, Lysandre resta sans voix devant le spectacle qui s'offrait à lui.

–– Je suis toujours dans mon rêve, pensa-t-il. Impossible qu'un tel endroit existe.

Il s'était avancé de quelques pas et demeurait bouche bée. Devant lui, un espace de verdure baigné de soleil, un jardin douceur et beauté. Encore une fois lui revenait la question qui trottait dans sa tête depuis qu'il avait aperçu Quentin assis dans la clairière :

- Comment cet endroit et ses habitants n'ont- ils jamais été découverts par les hommes ?

Il était devant un enclos qui ressemblait à une de ces plantations que l'on ne trouvait que dans les monastères. Pour y avoir dormi quelquefois lors de ses déplacements, il savait reconnaître et apprécier un agencement parfait, celui-ci semblait avoir été dessiné et planté par Frère Thiburce, ce moine jovial, ardent défenseur de la nature et cultivateur émérite. Passionné par son travail, il avait expliqué à Lysandre ce qu'il convenait de faire pour obtenir un jardin parfait, et le troubadour admira aussitôt le soin apporté à l'agencement de celui-ci. Le plessis qui l'entourait avait été tressé au moyen de branches fines et souples, puis fixé sur des piquets. La croyance populaire assurait que cette clôture protégeait les plantations des influences maléfiques pouvant venir de l'extérieur et conservait à l'intérieur toutes les forces bénéfiques. Lysandre s'avança. L'enclos était divisé en quatre parties distinctes par deux allées principales formant une croix et représentant la terre, l'eau, l'air et le feu ; ces bandes de terre avaient été engazonnées de plaques d'herbe récoltées dans le forez. A leur intersection, les habitants des lieux avaient planté un noyer qui étendait son branchage au-dessus d'un banc de pierres, les plates-bandes carrées s'organisant de part et d'autre des petits chemins herbus. Entourée de planches délimitant ses contours, chacune d'elles abritait des légumes variés : des choux, des carottes, des navets, plus loin des lentilles et des pois, puis des poireaux, des oignons, de arroches et des macerons. Il remarqua aussi que dans un de ces carrés poussaient des simples, ces plantes médicinales connues pour leurs vertus thérapeutiques. Pendant que Quentin conduisait Caramel à l'enclos, Lysandre qui s'était avancé dans l'allée principale, parvint à une habitation. Une fois de plus il fut stupéfait de ce qu'il découvrait : une chaumière construite en rondins, au toit couvert de chaume s'offrait à sa vue, il n'en avait jamais vu de pareille. Les murs de celles des paysans de la région étaient faits de torchis, mélange de paille et de boue, leur toit recouvert de chaume posé sur une charpente en bois et une porte commune aux personnes et aux animaux, une seule et petite fenêtre, masquée par du parchemin ou un volet pour préserver du froid. A l'intérieur de la pièce principale, une simple cloison, séparait les hommes du bétail. La porte de communication, toujours ouverte, permettait de conserver la chaleur des animaux. Pas de cheminée, le foyer occupait le centre de la pièce et sa fumée s'échappait par un trou ménagé dans la toiture.

Cette maison-ci était lumineuse, elle respirait la joie de vivre. Des fleurs sauvages installées dans des pots de terre pendaient aux fenêtres, d'autres ornaient l'entrée principale. Il remarqua sur le toit une petite construction en pierres d'où s'échappait de la fumée, des fenêtres ornées de vitres ainsi qu'une porte d'entrée en chêne et décoré d'une sculpture.

– *Qui peuvent bien être ces femmes vivant dans un tel décor ? Toujours cette question qui le taraudait.*

Il en était là de son questionnement que Quentin réapparaissait, précédé de Wolf et Walky, excités et joyeux.

- On se calme les petits sinon maman va gronder, dit l'enfant les flattant de la main. Vous pouvez aller vous promener mais ne vous éloignez pas trop. Un jappement joyeux et les loups disparurent derrière la maison après un dernier regard à Lysandre comme pour s'assurer que tout allait bien.

- Caramel est tout heureux, il galope comme un poulain. Il est adorable, Seigneur Lysandre, vous avez là un fidèle compagnon qui m'a dit combien il tenait à vous.

- Parce qu'il vous a parlé ? Lysandre était surpris. *Caramel ne s'adressait qu'à lui en temps normal.* Alors c'est qu'il vous a adopté, tout comme vos loups l'ont fait pour moi.

- C'est ce qu'il m'a semblé. Venez, allons rejoindre maman et marraine que je vous présente à elles. Vous verrez, elles sont très gentilles et pas sorcières du tout. *Il souriait comme quelqu'un qui aurait fait une bonne farce aux autres.*

- *Je vous suis. Mais vous m'honoreriez de m'appeler simplement Lysandre.*

- *Avec plaisir, Lysandre.*

Quentin avait ouvert la porte de la chaumière et invitant le troubadour à entrer, il annonça

- Maman, marraine, je vous présente Lysandre des Adrets, troubadour de son état. Il faisait une pause en forêt lorsque nous l'avons rencontré. Les loups l'ont accepté aussi me suis-je permis de le conduire jusqu'à vous.

- Tu as bien fait, répondit une voix mélodieuse. Entrez, Messire et soyez le bienvenu dans notre humble demeure. Je me nomme Aubrée de BoisJoli.

Une jeune femme s'avançait dans la pièce principale, Lysandre la regardait, ébloui. Elle était grande et mince. Vêtue d'une cotte bleu clair à manches longues, un bandier, large ceinture en tissu chatoyant, soulignait la finesse de sa taille, enlacé assez haut, accentuait la rondeur de sa poitrine qu'elle avait menue. Un surcôt sans manche de couleur jaune, complétait son habillement. Elle avait tressé ses longs cheveux auburn et les avait couverts d'un voile léger maintenu autour de la tête par un tressoir assorti à sa ceinture. Ses yeux, tels des émeraudes, illuminaient son visage au sourire enchanteur. Elle fit une légère révérence et d'une voix à la douceur caressante invita Lysandre à s'asseoir. Le troubadour semblait avoir perdu toute sa verve et restait sans voix mais toujours cette même interrogation qui revenait :

– *Que fait une aussi belle créature, perdue au fin fond de cette forêt pas très accueillante. Comment est-elle arrivée dans ce lieu ?*

Pourquoi jamais personne n'a soupçonné cette présence ?

Ils prirent place sur les bancs placés de chaque côté d'une table en chêne. Le jeune homme avait d'un coup d'œil, fait rapidement le tour de la grande pièce. Elle était d'une propreté irréprochable, une cheminée de pierres dans laquelle brûlait un agréable feu occupait un des murs, une marmite pendait à une crémaillère, une desserte accueillait les ustensiles de cuisine, un coffre ouvragé était placé dans un coin et devait, à son avis, contenir le linge de maison. Il en était là de sa découverte du lieu quand un froissement d'étoffe se fit entendre dans son dos, au fond de la salle. Il se retourna instinctivement et découvrit une femme aux cheveux blancs, petite, rondelette, vêtue comme une paysanne. Elle le regardait et ses yeux sombres plongeaient dans son âme comme une épée. Elle aussi l'évaluait, le soupesait, le jaugeait sans rien dire juste son regard et le silence. Elle finit par les rejoindre à la table sans avoir prononcé un seul mot.

– Manou, dit la jeune femme, je te présente Lysandre des Adrets, troubadour de son métier. Quentin et les loups l'ont trouvé dans la Clairière aux Oiseaux et comme nos bêtes l'ont accepté sans difficulté, il l'a conduit vers nous. *Puis se tournant vers le jeune homme,* Messire voici Guillaumette, ma nourrice et la marraine de Quentin.

– Heureux de vous rencontrer, gente dame, dit Lysandre qui s'était levé pour saluer l'arrivante.

– Moi aussi, dit-elle d'une voix rauque et pour l'instant pas très affable. Ainsi, Seigneur, vous vous êtes retrouvé dans cette forêt par le plus pur des hasards ? *Quelque peu soupçonneuse la dame.*

– Si fait, Madame. Caramel, mon fidèle destrier, fatigué par les nombreuses lieues parcourues depuis trois jours, a décidé soudain de s'arrêter là et de ne plus avancer. C'est un excellent cheval mais il est parfois aussi têtu qu'une mule.

Cette déclaration amena un sourire sur la face rebondie de Guillaumette qu'elle effaça bien vite craignant de montrer qu'elle aussi succombait au charme de Lysandre.

- Vous me la baillez belle, Messire Lysandre ! Un cheval parlant à son maître et lui imposant sa décision.

- Croyez-moi, Madame, répondit-il. Mon cheval est très spécial et c'est pourquoi je l'aime bien et lui aussi d'ailleurs. Bien sûr il ne me parle pas vraiment mais nous voyageons ensemble depuis si longtemps que je comprends ses hennissements tout comme il comprend mon langage.

- Tout comme nous avec Wolf et Walky, leurs jappements sont des phrases très explicites ! Bien, nous acceptons de vous croire. Et où vous rendez-vous ?

- Au château du Val d'Ombres où le Seigneur Gauthier de Sancy donne une grande fête pour ses trente-cinq années. Il me faut y être dans trois jours. Je dispose de deux journées avant de rejoindre le château.

- Nous feriez-vous l'honneur de demeurer avec nous durant ce temps ? la douce voix d'Aubrée lui posait la question.

- Avec grand plaisir si ce n'est pas vous causer trop de gêne. Vous vivez dans un endroit merveilleux comme je n'en ai que rarement vu.

- Je sens aussi, dit la jeune femme, que moultes questions vous trottent dans la tête et que vous aimeriez avoir des réponses.

- En effet mais je ne veux en aucune façon me montrer curieux, je me contenterai de ce que vous voudrez bien me confier. Soyez sans crainte, je ne dévoilerai ni votre présence en ce lieu ni votre histoire à quiconque.

- Je vous crois et je sais que vous ne révélerez rien à personne. Venez avec moi, nous allons cueillir quelques légumes pour préparer le repas et je vous ferai visiter le reste de notre domaine. Vous verrez que nous ne manquons de rien si ce n'est d'un peu de présence humaine mais nous nous en accommodons. Manou, ajoute quelques morceaux de lièvre dans la marmite, nous le ferons cuire pour le dîner.

– Et où vas-tu coucher ce jeune homme ? bougonna la nourrice.

– Il dormira dans la remise, nous y installerons une paillasse et une couverture. Cela vous convient-il, Seigneur Lysandre ?

– Certainement, J'y serai bien mieux que dans l'herbe du chemin ou la paille d'une grange. Mais, s'il vous plaît, faites-moi l'amitié de me nommer juste Lysandre, voulez-vous ?

– Avec plaisir ! Venez, Lysandre, que je vous fasse visiter notre lieu de vie et que je vous conte notre histoire, une longue et belle histoire mais avec une triste fin.

– Je vous suis, gente dame. *Il s'effaça pour la laisser passer. Elle laissait dans son sillage un léger et subtil parfum de fleurs.*

Les jeunes gens sortirent mais cette fois ils se trouvaient à l'arrière de la demeure. Lysandre continuait d'être surpris par ses découvertes. Devant lui, un enclos où broutaient quelques chèvres et quelques moutons, une petite bergerie pour les abriter. Plus loin la pâture où se prélassait Caramel qui semblait avoir retrouvé toute sa vitalité. Suivait une remise où ces dames devaient avoir entreposé le foin pour les animaux. Il découvrit un poulailler où caquetaient quelques poules, un coq magnifique et hautain, bombant le poitrail devant ces dames et trois canards s'ébattant dans une petite mare. Un clapier abritait des lapins. Quelques arbres fruitiers occupaient la dernière partie du champ.

– Belle Aubrée, je suis tout esbaudi par ce que je découvre ici. Comment cet endroit peut-il exister alors que des bûcherons, des charbonniers, des chasseurs et autres ramasseurs de fruits ou de légumes sauvages traversent sans cesse cette forêt ?

– La réponse à cette question fait partie de notre histoire, celle que je vais vous conter. Elle est longue car il va me falloir remonter au jour de ma naissance.

– J'ai deux jours pour vous écouter, comprendre votre aventure car c'en est bien une, n'est-ce pas ? Il sera temps ensuite de reprendre ma route.

– Vous avez deviné, ce fût une aventure avec ses souffrances et ses joies. En attendant allons cueillir les légumes pour Guillaumette avant qu'elle ne prenne la mouche et ne le fasse elle-même. *Aubrée souriait, de ce superbe sourire qui illuminait ses yeux.* Nous l'appelons Manou, - Ma pour marraine et Nou pour nourrice. - Elle est très protectrice, comme vous l'avez deviné mais je ne m'en plaindrai pas car c'est grâce à elle si nous sommes toujours en vie Quentin et moi.

Ils contournèrent la maison et se rendirent dans le potager tout en continuant leur conversation. Les légumes cueillis, Aubrée invita Lysandre à s'asseoir un moment sous le noyer au milieu du jardin. L'endroit était calme, ensoleillé, les oiseaux chantaient tout autour. La jeune femme commença son récit...

Ces deux journées passèrent si vite que le jeune homme eut l'impression de sortir d'un rêve lorsqu'il lui fallut reprendre la route vers le château du Val d'Ombres. Il avait encore un peu de chemin à parcourir et ne voulait pas manquer la fête. Reverrait-il les habitants de ces lieux ? Il l'espérait mais n'en était pas certain. Caramel, lui aussi eut du mal à quitter cet enclos si agréable où il s'était lié d'amitié avec deux congénères sympathiques et reposé sa vieille carcasse, comme il disait.

- Pourquoi nous faut-il partir, demanda-t-il à son maître.

- Parce que je suis chargé d'une mission et que je me dois de l'accomplir. Allez mon Caramel, en route, ne perdons plus de temps.

- Une mission et de quel ordre cette mission ?

- Aubrée m'a autorisé à conter son histoire à travers la région dans l'espoir que celui qu'elle aime est toujours de ce monde, qu'il entendra mon récit et lui reviendra

- Lui révéleras-tu l'endroit où elle demeure ?

- Non, bien évidemment. Il me faudra m'assurer que c'est bien de son amoureux dont il s'agit puis je lui soumettrai le résultat de ma mission et ce sera à elle de décider.

A l'entrée de leur royaume secret, Guillaumette, Aubrée et Quentin les regardaient s'éloigner et disparaître dans la forêt, accompagnés de Wolf et Walky qui les quittèrent à la lisière du bois après les avoir suivis un long moment de leur regard aussi profond que le ciel. Lysandre se retourna pour un dernier signe de la main et un dernier regard vers Aubrée qui avait fait battre son cœur.

3 *

JOUR DE FETE AU CHATEAU DU VAL D'OMBRES

Toute la domesticité s'activait dans la grande salle du château et dans les cuisines. Ce jour, on fêtait l'anniversaire de Gauthier de Sancy, seigneur du lieu, qui atteignait ses trente-cinq ans. De nombreux invités, des hôtes prestigieux étaient attendus. Il fallait que tout soit parfait. Sous la houlette de l'intendant, l'armée des domestiques s'affairait depuis le petit matin.

Les murs de la grande salle du banquet avaient été recouverts de tapisseries racontant les aventures d'anciens chevaliers, la plus belle était installée derrière les sièges des châtelains. De grandes planches reposant sur des tréteaux feraient office de tables après que les domestiques les aient recouvertes de nappes blanches et disposé des touailles, longues bandes de tissu avec lesquelles les invités s'essuieraient la bouche ou les mains lors du repas qui s'annonçait gargantuesque.

L'officier tranchant avait détaillé des tranchoirs, larges morceaux de pain, en avait garni un plateau placé devant chaque invité. Ces tailloirs leur serviraient d'assiettes pour la nourriture solide qu'ils mangeaient avec trois doigts. On avait disposé des écuelles pour la soupe, des coupes en fin métal, en or et en argent pour les boissons ainsi qu'un couteau et une cuillère. Sur un dressoir placé derrière le siège du seigneur, trônait tout le reste des ustensiles en métaux précieux qui seraient mis à disposition des invités. Il était bon de montrer à chacun que le seigneur du lieu possédait fortune. Seuls deux fauteuils à haut dossier avaient été installés pour le châtelain et sa dame et placés face à la porte d'entrée afin qu'ils puissent observer les allées et venues des invités. Les tables disposées en U et occupées sur un seul côté, permettaient aux convives de se faire face et se parler. Ils prendraient place sur des bancs en bois. L'espace central, ainsi libéré servirait de scène aux artistes que sa seigneurie avait engagés. Il y aurait un jongleur, un cracheur de feu, un montreur d'animaux et enfin, pour terminer en douceur avec Lysandre des Adrets, ce gentil troubadour que Gauthier appréciait particulièrement. Tout semblait très bien organisé. Les invités installés, Gauthier de Sancy et Bathilde, sa dame, firent leur entrée : lui, vêtu d'un surcôt bleu nuit à larges manches, était drapé dans un mantel de soie rouge bordé de fines broderies or ; une fibule incrustée de pierres précieuses le maintenant sur l'épaule droite, il avait relevé de façon fort élégante l'autre pan sur son bras gauche. Ses cheveux bouclés qu'il portait mi-longs, étaient maintenus par un cercle de métal doré dans lequel se trouvait enchâssée une pierre semblable à celles de la broche de son mantel. Assortie aux coloris de son époux, Dame Bathilde avait revêtu une cotte de soie rouge ainsi qu'un surcôt bleu nuit, à manches longues, bordé de fourrure. Une ceinture dorée soulignait sa taille et mettait en valeur sa poitrine. Elle avait tressé sa longue chevelure, un voile vaporeux maintenu par un tressoir doré complétait son habillement. Ils formaient un couple d'une merveilleuse beauté salué par un murmure *admiratif. Les convives se tenaient debout près de la place qui leur était octroyée en fonction de leur statut social. Les châtelains prirent place dans leurs fauteuils.*

– Gentes dames, damoiseaux, chevaliers et vous tous, prenez place.

D'un geste de la main, Gauthier invita les convives à s'asseoir et toute l'assemblée prit place sur les bancs

– Que la fête commence !

Alors, entra en scène le ballet bien orchestré des serviteurs. Ils portaient les plats à hauteur d'épaule et les déposaient devant les convives après les avoir présentés au seigneur. Les invités n'ayant à leur disposition qu'un couteau et une cuillère, mangeaient avec le bout des doigts ce qui requerrait une hygiène parfaite. Aussi, à plusieurs reprises au cours du repas, Gauthier de Sancy fit « corner à l'eau ». La corne d'appel résonnait et les servantes présentaient aux invités, une aiguière d'eau parfumée dans laquelle ils se lavaient les mains. La fête battait son plein quand Lysandre des Adrets pénétra dans la vaste salle du banquet. Il passait le dernier après le jongleur, le montreur d'ours et le cracheur de feu qui avaient distrait les convives entre les différents plats. Les belles dames et les beaux messieurs dégustaient les derniers mets succulents dont les parfums chatouillaient les narines et titillaient les papilles.

– Voulez-vous que je vous conte une belle mais triste histoire d'amour, celle d'Aubrée, la belle et d'Elzéar, le manant ?

Malgré sa voix bien posée et assez forte, les conversations allaient bon train et parmi les rires et les chuchotements, personne ne prêtait attention à ce troubadour installé entre les tables. Voulant attirer leur attention, Lysandre se rapprocha de la table centrale où se tenaient le châtelain, sa dame et leurs hôtes prestigieux. Il plaqua un accord un peu plus fort et donnant à sa voix plus de force, reprit son entrée en matière :

Écoutez gentes dames et gentils damoiseaux,

Le bien triste récit et l'histoire émouvante,

D'Elzéar et Aubrée, ces amoureux si beaux

Chassés loin de chez eux par une ire méchante.

Ils s'aimaient tendrement mais la fureur d'un père

A privé ces enfants de pouvoir être heureux

Alors chacun a fui dans le plus grand mystère

Ils se cherchent toujours sur la terre, comme aux cieux.

Imperceptiblement le brouhaha cessa, les visages se tournèrent vers lui, les belles dames attentives, les beaux messieurs intrigués.

– Poursuivez, Troubadour. Vous nous dites que l'histoire que vous souhaitez nous conter est vraie. Nous désirons l'entendre.

– Merci à vous, Mon Seigneur. Toute cette histoire est vraie ; vous ne regretterez pas de m'avoir écouté...

Lysandre s'installa sur un haut tabouret afin d'être vu de tous et dans un silence profond commença son récit...

DAMOISELLE AUBREE DE BOISJOLI

4 *

UNE PETITE FILLE EST NEE

Comte de Rodez. Chateau de BoisJoli.- Mois d'Octobre de
l'an de grâce 1 230

Au sommet de son éperon rocheux qui dominait la campagne, le château de BoisJoli veillait sur le village blotti à son pied, l'enveloppant de son ombre protectrice comme le ferait un gardien pour son troupeau. De son promontoire, il surveillait la plaine alentour. A la moindre alerte, les guetteurs avertissaient les serfs et les vilains pour qu'ils viennent se mettre à l'abri derrière ses imposantes murailles. Pour l'instant tout allait bien. La nuit commençait à envahir le ciel, les étoiles s'allumaient une à une, la lune montait dans les nuages. Dans quelques chaumières, la lueur du foyer rougeoyait aux fenêtres. Rares étaient les villageois encore dans les ruelles pavées, seuls les rires de quelques clients attardés, s'échappaient de la taverne toute proche. Bientôt la cloche de l'église sonnerait le couvre-feu signifiant aux habitants du village d'avoir à éteindre toutes les lumières ainsi que le feu du foyer. Il ne fallait conserver que quelques braises sous la cendre pour le rallumer au matin. Trop d'incendies avaient ravagé les chaumières faites de bois et de chaume, il fallait se montrer prudent. Drapé dans une cape sombre, un homme descendait la rue principale à vive allure. Il s'arrêta devant une masure un peu moins délabrée que ses voisines et cogna à l'huis. La porte s'entrouvrit sur une femme bien charpentée.

- Dame Renaude, il vous faut me suivre immédiatement, notre châtelaine est en travail. Les douleurs sont vives et assez rapprochées.

- Je vous suis, le temps de prendre mon matériel.

Rapidement habillée et munie de son sac, Dame Renaude suivit l'homme à la cape. Grande et forte femme, elle était la sage-femme du village, elle aidait les futures mamans lors de l'accouchement chaque fois qu'elle arrivait à temps. Elle était appréciée pour sa compétence, son autorité mais surtout pour tous les enfants mis au monde et qui avaient survécu à la dure épreuve de leur venue sur Terre. Ce soir, c'était un grand honneur qui lui était fait d'avoir à aider la châtelaine à donner la vie.

> – A-t-on pensé à prévenir Guillaumette, demanda-t-elle ? Il faut absolument qu'elle soit présente quand le bébé naîtra.

Il était inconcevable que la châtelaine, comme toutes les dames d'un rang social élevé, nourrisse son enfant. Dès la naissance le bébé était confié à une paysanne, à une domestique, à une femme de confiance, en bonne santé et dont les enfants étaient bien portants. Guillaumette était robuste, solide, mère de deux enfants dodus et très éveillés ; elle nourrissait encore le dernier âgé de deux ans. Elle avait donc été choisie, sur les conseils de la sage-femme, pour devenir la nourrice de l'enfant à naître. C'était une jeune femme douce et prévenante qui donnait à ses fils une éducation irréprochable. Dame Renaude savait qu'elle ferait une nourrice idéale.

- Nous l'avons faite quérir. Elle sera présente, soyez rassurée.

- Parfait, alors ne traînons pas

Dans la grande chambre du donjon, Clémence et Margaux, les servantes, s'activaient. Elles avaient allumé un feu qui brûlait avec vigueur réchauffant la pièce. Tendus sur les murs, des draps blancs dissimulaient les pierres et isolaient de l'humidité suintante. Dans un coffre placé près du lit, la layette destinée au bébé et sur une table des serviettes, une bassine où elles verseraient de l'eau chaude pour le bain du nouveau-né. Colombe et Cyrielle, deux autres domestiques avaient préparé un bain bien chaud de camomille, fenouil, mauve, lin et orge pour détendre la jeune femme ; Mahault de BoisJoli avait ensuite été installée nue sur son lit, un drap posé sur ses jambes dissimulant le bas de son corps. Les tantes, les sœurs, les cousines se trouvaient dans la chambre pour assister à la naissance. Très nombreuses, elles jacassaient beaucoup, avec un avis sur tout et buvaient passablement ce qui rendait l'ambiance euphorique pour les unes mais angoissante et fatigante pour la future maman en proie aux douleurs de l'enfantement.

Dame Renaude se présenta dans cette ambiance survoltée qu'elle n'aimait pas. Elle avait d'expérience, appris que le calme était un facteur d'accouchement plus facile. Usant de son autorité, elle fit évacuer la chambre, demandant poliment mais fermement à toutes ces dames de se rendre aux cuisines et d'attendre tranquillement qu'elle les fasse quérir au moment opportun. Elle ne garda près d'elle que les servantes dont elle avait besoin. Elle se lava les mains et fit un examen rapide de la châtelaine. Elle trouva un col bien ouvert et senti une petite tête sous son doigt.

- L'enfant est là et semble bien placé. Vous allez pousser dès que vous sentirez la douleur. Surtout ne vous contractez pas pour ne pas refermer le passage.

- Je suis fatiguée, dit la jeune femme. Je ne sais pas si je vais pouvoir faire sortir cet enfant de mon ventre.

- Vous y parviendrez, je vais vous y aider.

Une contraction s'annonçant, elle mit sa patiente en position accroupie. Elle avait installé entre ses jambes un grand coussin recouvert d'un drap propre. Il amortirait la chute de l'enfant si elle n'avait pas le temps de le retenir. Colombe et Cyrielle s'étaient placées de chaque côté de Mahault et la soutenaient. Un cri de douleur, une poussée violente et l'enfant fut expulsé, atterrissant entre les mains tendues de Renaude qui, après avoir coupé le cordon, l'enroula aussitôt dans le drap et le confia à Clémence et Margaux pour le bain. Elle continua de s'occuper de la mère, épuisée.

- Tout va bien. Vous avez une belle petite fille. Détendez-vous.

Pendant que les deux servantes donnaient le bain au bébé, les deux d'autres aidaient la sage-femme à prendre soin de la maman. Le placenta expulsé à son tour, elles firent sa toilette, la vêtirent d'une chemise de lit ornée de dentelle, la coiffèrent avec soin. La jeune mère prit place dans un lit garni de draps propres et fleurant bon la lavande.

Mahault, fatiguée s'appuya sur les coussins douillets et moelleux, ferma les yeux attendant qu'on lui présente sa fille. Sa toilette terminée, Clémence et Margaux avaient enveloppé le bébé dans un linge en lin, disposé sur cette pièce un lange qu'elles avaient croisé sur le devant. Par-dessus ce lange elles avaient placé des bandelettes de lin et terminé son habillement en le coiffant d'un béguinet. Emmailloté de cette façon on ne voyait ni les bras ni les jambes et l'enfant ressemblait à une poupée de chiffons. Clémence plaça la petite fille dans les bras de sa mère. La jeune femme regardait avec émotion cette petite frimousse encore fripée, un peu rouge et ces petits yeux qui tentaient de s'ouvrir.

- Bonjour, joli bébé. Je suis ta maman. J'aurais bien aimé la voir avant que vous me la mettiez dans le lange, dit-elle à ses servantes. Etes-vous sûres que tout va bien ? *Elle s'inquiétait.*

- Elle est parfaite, Madame. Ne soyez pas inquiète. Voyez, on dirait même qu'elle vous sourit.

– C'est vrai. Enfin une fille, j'espère que mon époux sera heureux. Après deux beaux garçons, une petite poupée.

Les jacassantes revenaient et, envahissant l'espace, dans des rires quelque peu avinés, s'extasiaient à qui mieux mieux devant l'enfant. La porte s'ouvrit et le silence se fit aussitôt. Précédé de son bouffon qui bondissait autour du lit, Aymeric de BoisJoli faisait son entrée.

– On me dit, Ma Dame, que vous nous avez donné une fille et qu'elle est en parfaite santé. Vous m'en voyez ravi. Et vous même comment vous sentez-vous, ma chère ? Le ton était sans chaleur, sans joie particulière, juste poli.

– *Pensez donc, une fille* ! se dit-elle. Fatiguée, Mon Seigneur, mais heureuse. Voulez-vous la tenir dans vos bras ? Elle tendait l'enfant vers lui.

– Vous savez combien je crains de tenir une aussi petite chose.

Déjà un rejet ? Mahault sentit son cœur se serrer et des larmes monter à ses yeux.

Cependant il s'assit au bord du lit et déposa un baiser rapide sur le front de l'enfant.

- Quel nom de baptême allons-nous lui donner, y avez-vous songé ? demanda Aymeric à son épouse.

- Que pensez-vous de Aubrée ? C'était le prénom de ma grand-mère que j'ai tendrement aimée. C'est elle qui m'a éduquée et enseigné tout ce que je devais savoir afin d'être une bonne épouse.

- Ce que vous êtes ! Nommons-la ainsi en souvenir de votre aïeule. *Toujours ce ton distant ...*

- Nous voulons voir notre petite sœur ! Deux tornades blondes venaient de faire irruption dans la chambre et sautaient déjà sur le lit.

- Du calme, jeunes damoiseaux, du calme. Ne fatiguez pas davantage votre mère.

- Venez près de moi, mes chéris. Robin et Tristan, les deux fils de Mahault et Aymeric s'approchèrent doucement de leur maman.

- Je vous présente votre petite sœur. Elle se nomme Aubrée. Il vous faudra être gentils avec elle et la protéger puisque vous êtes des hommes maintenant.

- Nous veillerons sur elle, soyez-en sûre, Mère.

Ils avaient un air très sérieux pour des enfants de leur âge. La voix de leur père résonna de nouveau dans la chambre, dure et autoritaire.

- Mes fils, il est temps pour vous de rejoindre votre maître d'armes dans la salle des gardes. Vous devez poursuivre votre entraînement.

- Père, s'il vous plaît, laissez-nous profiter encore un peu de notre petite sœur.

- Il ne saurait en être question. Votre formation de chevalier passe avant vos gamineries. Vous aurez bien d'autres moments avec cette petite fille.

Dieu que cet homme avait le cœur sec. Pas un regard et aucun égard pour cette adorable enfant qui dormait paisiblement dans les bras de sa mère après que la nourrice l'ait allaitée. Il eut une inclinaison de la tête pour saluer son épouse.

- Je vous salue, Ma Dame. Portez-vous bien et prenez soin de vous. Vos fils ont encore besoin de leur mère.

- Merci, Mon Seigneur, répondit Mahault, les larmes aux yeux. *Elle caressait doucement Aubrée, blottie contre elle.* Quelle froideur ! Quel sera ton avenir, petit bébé qui a eu le tort de naître fille ?

5 *

LA JEUNESSE D'AUBREE

Après les relevailles de la châtelaine, la vie reprit son cours normal. Durant la période où elle était restée alitée, elle avait gardé l'enfant près d'elle. Maintenant qu'elle reprenait ses activités habituelles, le bébé fut totalement confié à la nourrice. Elle la prit chez elle où elle pouvait la nourrir, s'occuper de ses fils et parfois aider son mari dans les champs. La fillette grandissait sans problème. C'était une enfant éveillée et curieuse de tout. Elle devenait aussi une adorable petite fille aux longs cheveux auburn bouclés et aux yeux d'émeraude. Elle accompagnait souvent sa mère dans la bassecour du château où, en compagnie d'autres dames, elle cultivait ses légumes et élevait quelques volailles. Mais ce qu'elle aimait par-dessus tout, c'était descendre au village pour jouer avec les enfants des paysans, tous ces enfants qu'elle avait côtoyés durant sa petite enfance. Profitant de l'absence de son mari parti guerroyer avec ses fils, sa mère l'autorisait à s'y rendre. La fillette revêtait alors la tenue des petites filles de paysans et, escortée de Gaspard, un garde à son service, s'en allait en courant. Elle redevenait une enfant simple et heureuse. Ainsi passèrent des années joyeuses.

A sept ans elle intégra l'école du couvent pour apprendre à lire, écrire et compter sous la direction des nonnes. Elle étudia aussi afin d'acquérir tout ce qu'une bonne épouse devait savoir : mener sa maison, gérer le quotidien lorsque son mari partait à la chasse ou pour de longues semaines, en guerre contre un autre seigneur. Rivalités stupides et sans but véritable que celui de se défier ou de conquérir d'autres terres. Parfois ils guerroyaient au service du Roi.

Malgré ses obligations, Aubrée poursuivit ses visites à ses amis du village, accompagnée de son fidèle Gaspard dans toutes ces sorties que sa mère ne savait lui refuser. Elle y avait depuis toujours un ami, Elzéar. Plus âgé qu'elle de quelques années, il l'avait prise sous son aile et la protégeait. C'était le fils du forgeron dont il apprenait le métier. Mais Elzéar s'échappait de la forge sitôt qu'elle apparaissait. L'adorable fillette s'était transformée en une belle jeune fille. Mince, élancée, elle avait conservé cette couleur de cheveux si particulière qui l'embellissait, un teint de nacre et d'immenses yeux d'un vert lumineux.

Au fil du temps, leur amitié s'était transformée en tendresse, puis en amour. Tandis que Gaspard allait aider Guillaumette, veuve depuis quelques mois, ils se retrouvaient avec un immense bonheur. Ils s'éloignaient dans la forêt du BoisJoli et passaient des heures à se promener main dans la main. Au grand désespoir du forgeron qui voyait d'un mauvais œil cet amour naissant. Il avait beau répéter à son fils qu'une fille de seigneur n'épouserait jamais un vilain, ce dernier ne l'écoutait pas.

– Tu sais que cela lui vaudra d'être enfermée au couvent pour le reste de sa vie et même la mort selon le bon vouloir de son père.

– Nous savons tout cela mais vois-tu, elle n'est pas comme les autres filles de son rang. Elle est simple et elle m'aime. Elle se mariera avec moi quelles qu'en soient les conséquences, lui répondait-il.

* * * *

Depuis quelques jours, Aymeric de BoisJoli, blessé lors d'un combat, passait de longues heures dans la grande salle du château. Il s'aperçut enfin de la beauté de sa fille.

- Aubrée aura bientôt dix-sept ans, dit-il un matin à son épouse. Il serait temps que nous songions à la marier.

- La marier, déjà ! s'exclama Mahault. Nous devons d'abord lui demander si elle se sent prête à prendre époux, murmura-t-elle, timidement.

- Pourquoi cela ? Je suis son père, c'est à moi d'en décider. Je vais convier tous les seigneurs alentour qui ont un fils en âge de prendre femme. Nous organiserons un tournoi et le vainqueur deviendra son époux.

- Si vous le souhaitez, Mon Seigneur. Il en sera fait selon votre bon vouloir.

- Voilà qui est sage ! répondit-il ! Notre fille fêtera son anniversaire le mois prochain, cela nous laisse tout le temps nécessaire pour organiser la plus belle des fêtes du comté. Voulez-vous vous charger du repas et des festivités ? De mon côté, je m'occuperai des invitations et du tournoi.

Mahault, réticente mais soumise, acquiesça du bout des lèvres mais que pouvait-elle faire sinon obéir aux ordres de son mari.

- Faites venir Aubrée que je lui fasse part de ma décision.

Mahault se retira, rejoignit sa fille qui brodait dans sa chambre. Elle s'arrêta sur le seuil et l'observa. Les yeux baissés sur son ouvrage, elle offrait à son regard un profil d'une pureté à nulle autre pareille.

– Qui refuserait d'avoir une telle beauté pour épouse ? se dit-elle. Aubrée, mon enfant, votre père désire vous voir. Il a une communication importante à vous faire.

– Qu'a-t-il à me dire ? demanda-t-elle, surprise. Ce n'est pas souvent qu'il s'adresse à moi, soupira-t-elle.

– Il vous le dira lui-même. Allez, ma fille. Ne le faites point attendre.

Aubrée posa son ouvrage et rejoignit Aymeric dans la grande salle.

– Bonjour, père ! Vous avez demandé à me voir, dit-elle

– Oui, ma fille. Venez vous asseoir près de moi, dit-il en désignant un tabouret placé près de son fauteuil.

Aubrée s'installa et le regard baissé, les mains posées à plat sur sa robe, elle attendit.

– Ma fille, je viens de prendre une décision vous concernant. Vous aurez dix-sept ans le mois prochain. Il est temps pour vous de prendre époux.

– Je ne veux pas me marier, je ne suis pas prête. Elle avait bondi de son siège. Je ne veux pas non plus épouser un inconnu pour qui je n'éprouverais aucun sentiment. Elle se rebellait.

– Asseyez-vous, impertinente !

La jeune fille se rassit au bord du tabouret, tête baissée, visage fermé, mains crispées sur sa robe.

– Vous n'avez rien à dire. Il en sera fait comme je l'ai décidé. Le ton était sec, cassant. Retirez-vous et voyez avec votre mère comment nous organiserons cette fête.

Aubrée salua son père et rejoignit Mahault qui l'attendait dans sa chambre. Elle se jeta dans ses bras et laissa couler ses larmes.

– Mère, je ne veux pas me marier. J'aime Elzéar et c'est avec lui que je veux vivre. Vous devez m'aider. Ne laissez pas mon père choisir pour moi. Je préférerais entrer au couvent ou mourir.

– Je ne peux rien faire, mon enfant. Votre père est le maître. Il vous faut vous soumettre.

Laissez-le croire que vous vous rendez à ses ordres. Préparons la fête comme il le désire. Cela nous laissera du temps pour réfléchir à une façon d'agir. Pas de rébellion surtout. Soyez docile et attendons.

- Mère, puis-je descendre au village voir Guillaumette ?

- Bien sûr ma chère enfant mais que Gaspard vous accompagne. Ne tardez pas trop que votre père ne se doute de rien.

- Promis, Mère. Heureusement que vous êtes là.

Elles s'embrassèrent tendrement et Aubrée disparut, évitant la grande salle. Gaspard la rejoignit et ils prirent le chemin du village. Pendant le trajet, son fidèle compagnon lui demanda pourquoi elle avait pleuré. La jeune fille lui raconta ce que son père venait de lui annoncer. Elle fit le même récit à Guillaumette qui la serra dans ses bras pour la consoler.

- Tu ne veux vraiment pas te marier ? demanda-t-elle

- Bien sûr que je veux me marier mais pas avec un chevalier ou un seigneur inconnu. C'est Elzéar que j'aime et je ne veux que lui pour époux. Maman me dit d'être patiente et d'attendre sans tenir tête à mon père. Cela nous permettra de réfléchir, de trouver une solution.

- Ta maman a raison. Ne brusque pas ton père en t'entêtant à refuser. Tu as un mois pour faire ton choix et prendre ta décision.

Rassérénée, Aubrée s'apaisa et se rendit aux conseils de sa nourrice. Sans en dire un mot à ses deux amis, elle échafaudait un plan. Elle les en informerait en temps utile.

* * * *

On était en Octobre et le temps se faisait plus frais. Ce serait bientôt l'hiver et avec lui la neige et le froid. Tous seraient alors confinés dans le château, se rassemblant près de l'immense cheminée qui ne chauffait guère que l'espace proche de l'âtre.

On y jetait des troncs d'arbre entiers coupés dans la forêt toute proche. Sa blessure guérie, Aymeric de BoisJoli pouvait enfin se déplacer. Il avait demandé à un moine de l'abbaye de confectionner des invitations avec enluminures et d'y peindre un portrait de sa fille ; des messagers les avaient portées aux seigneurs du voisinage. Trois prétendants s'étaient manifestés les Chevaliers Thibault de La Combe aux loups, Hugues d'Oriet et Renaud du Val Fleury. Flatté, le Seigneur de BoisJoli ne dit rien à sa fille à qui il n'avait plus jamais reparlé de son futur mariage. Il la saluait sans lui montrer aucune affection, aucun intérêt. Seule son épouse était tenue informée et par voie de conséquence, Aubrée.

Un matin un nouveau message parvint au château. Son suzerain, Amaury du Piton des Vents, l'informait de son souhait d'épouser Aubrée. Âgé d'une cinquantaine années, il était veuf depuis quelques mois. Sans enfant mâle, il recherchait une jeune épouse qui pourrait combler ce manque et lui donner un héritier. La beauté de la jeune fille l'avait séduit, il se mettait sur les rangs des prétendants et acceptait de combattre malgré qu'il soit le suzerain. Tout excité, Aymeric de BoisJoli rejoignit sa femme dans la chambre où elle brodait la robe de la future mariée en compagnie d'autres dames et de leurs servantes.

– Ma Dame, dit-il à Mahault, après avoir brièvement salué l'assemblée, pouvez-vous m'accorder un peu de votre temps ? Je dois vous entretenir d'une affaire importante !

– Mes dames, veuillez m'excuser. Que l'on serve des boissons et quelques douceurs, dit-elle à ses servantes. Puis se tournant vers son époux : Je vous suis, Mon Seigneur.

Douce et effacée, elle obéissait à ses moindres désirs. Aymeric l'entraîna dans sa chambre.

– J'ai reçu ce matin une missive de notre suzerain, Amaury du Piton des Vents. Il désire épouser votre fille et m'offre des terres et la forêt de Sainte Eulalie en cadeau de noces.

– Mais cet homme est un vieillard d'une laideur repoussante, s'écria Mahault qui s'était levée de son fauteuil. Comment pouvez-vous songer marier notre douce et belle enfant à cet homme répugnant que l'on dit fort méprisant envers les femmes ?

- Il offrira à Aubrée un rang social important et à nous la possibilité d'agrandir notre domaine.

- Ainsi vous mettez notre fille dans la même balance que quelques arpents de terre ? C'est monstrueux et insupportable.

- Brisons, Ma Dame. Il en sera fait selon ma volonté.

- Pourquoi alors me demander mon avis puisque votre décision est déjà prise ?

- Par pure courtoisie et afin que vous en informiez votre fille.

Mahault baissa les yux pour cacher les larmes qui s'accumulaient sous ses paupières – *cet homme est un être sans cœur. Sa fille n'est pour lui qu'un objet à négocier !* Relevant la tête, elle déclara :

- Je vais lui transmettre votre message. Préparez-vous à sa révolte.

– Elle n'y gagnera rien. Je ne changerai pas d'avis. Elle épousera Amaury du Piton des Vents, que cela lui plaise ou non.

Comme il se retirait, Mahault lui demanda timidement :

– Qu'en est-il des festivités prévues pour son anniversaire ?

– Il n'y a rien à changer, nous poursuivons leur organisation. Je vous salue Ma Dame.

Une flexion du torse et il s'en fut.

6 *

JOURNEE DE FIANCAILLES

Ce matin de fin octobre s'annonçait sous les meilleurs auspices. Il faisait froid mais aucun nuage de mauvais augure ne traînait dans le ciel ; un soleil pâle montait lentement au-dessus de la campagne et caressait le paysage de ses rayons dorés. Les trilles d'un oiseau s'élevèrent dans la forêt toute proche.

– *Voilà un heureux présage, pensa l'homme debout sur le chemin de ronde.*

Vêtu des somptueux atours confectionnés pour cette grande occasion, Aymeric de BoisJoli contemplait avec satisfaction le campement provisoire installé dans un de ses champs, au pied de son château, le Gardien ainsi que le nommaient les villageois. Aujourd'hui se dérouleraient les festivités à l'issue desquelles sa fille serait fiancée à Amaury du Piton des Vents. Un sourire étirait les coins de sa bouche et un éclat triomphant brillait dans son regard. De simple vassal, il allait devenir un membre de la famille de son suzerain ; il chevaucherait à ses côtés et non plus en arrière-plan ; il participerait à toutes les festivités organisées en son château mais aussi il agrandirait son domaine de terres fertiles et des serfs attachés à elles. Ultime présent, les bois de Sainte Eulalie, vaste forêt regorgeant de gibier de toutes espèces. Ce rêve éveillé lui tira un soupir de satisfaction.

– *Tout ceci vaut bien que je donne ma fille à mon suzerain, se dit-il. Allons voir si tout est en place pour que cette fête soit réussie.*

Serfs et vilains à son service avaient aménagé un camp provisoire de tentes et de baraques. Au centre, une lice toute en longueur verrait s'affronter les chevaliers. A gauche et pour chacun d'eux, une tente aux couleurs du candidat avait été installée, devant chacune d'elles un mât supportait une targe où seraient accrochées ses armoiries. Face à la zone de combat, une tribune dominait le terrain. Installation plus confortable, elle était abritée du soleil par de grandes toiles tendues au-dessus des sièges. Sur cette estrade prendraient place Aubrée, Mahault, Robin et Tristan, ses frères, le Seigneur de BoisJoli ainsi que toutes les personnalités invitées. Satisfait de l'agencement des lieux, Amaury poussa son cheval un peu plus loin. Une armée de domestiques s'activait autour des foyers et des tournebroches : des cochons de lait, des agneaux, toutes sortes de volailles y rôtissaient, répandant des odeurs appétissantes. D'autres serviteurs s'occupaient des légumes qui accompagneraient les viandes. Sous d'autres dais chatoyants, les servantes organisaient la longue table du repas.

- Tout est en ordre, Mon Seigneur, lui dit l'intendant qui supervisait l'ensemble.

- Il ne vous manque rien ? demanda Amaury

- Non, nous avons tout ce qu'il faut.

- Avez-vous pensé aux villageois qui seront présents ?

- Oui, nous leur avons réservé un emplacement où ils pourront festoyer

- Bien ! Édouard, je rentre au château. Nos invités ne sauraient tarder. Je compte sur vous pour les accueillir et les installer.

- Vous pouvez aller sans crainte, Mon Seigneur, je m'assurerai qu'ils le soient confortablement avant votre arrivée.

Un petit coup de talon dans les flancs de sa monture, le Seigneur de BoisJoli rentra au château. Le soleil avait totalement envahi le ciel et les attelages des invités arrivaient.

Il était neuf heures lorsque le cortège de la famille de BoisJoli fit son apparition. Précédée de musiciens et de jongleurs, ils avançaient avec majesté. Mahault, encadrée de ses deux fils, suivait Aubrée, une main posée sur le poing fermé de son père. Des porteurs d'étendards marchaient à leurs côtés. Les invités s'étaient levés pour admirer ce défilé. Toute la famille prit place sur des sièges à hauts dossiers, celui du centre étant réservé à la jeune fille.

Un murmure d'admiration s'éleva de la foule présente lorsqu'elle lui fit face. C'était un émerveillement. Elle avait revêtu une robe blanche en fin lainage, de longues manches s'évasaient en corolle le long de ses bras, un bandier doré enlaçait sa taille mettant en valeur sa finesse et la douce rondeur de sa poitrine. Elle avait posé sur ses cheveux un voile aérien retenu par un bandeau en vermeil. Sa chevelure cuivrée formait une auréole flamboyante autour de son visage. Un léger maquillage rehaussait son teint. Un mantel ivoire bordé d'hermine complétait sa tenue. Dans ses yeux d'un vert lumineux brillait une petite flamme. Elle se préparait à livrer une bataille, sa bataille.

Sur un signe du Seigneur de BoisJoli, les invités reprirent place sur leurs sièges. Annoncé par la trompette du héraut d'armes, le Diseur du tournoi s'avança.

- Gentes dames et beaux messieurs, nous sommes réunis en ce lieu afin de désigner en combat loyal, celui des chevaliers ici présents qui aura l'immense privilège d'épouser Damoiselle Aubrée de BoisJoli. Quatre prétendants se sont faits connaître, qu'ils s'approchent.

A l'appel de son nom, chaque candidat s'avança. Il portait une côte de maille, un camail, cagoule en métal tressé, encadrait son visage. Une lance dans une main, il tenait dans l'autre son heaume, visière levée. Au pas de son destrier somptueusement caparaçonné, il se présenta face à la tribune. Se plaçant face à Aubrée, il la salua en posant la pointe de sa lance sur le sol à ses pieds. Elle répondit par un léger signe de la tête.

Le Diseur du tournoi expliqua ensuite le déroulement des festivités

- Elles se feront en deux temps. D'abord et après tirage au sort, trois chevaliers s'affronteront. Un banquet vous sera ensuite offert. Nous reviendrons sur la lice pour assister à la dernière joute qui mettra en présence le vainqueur des deux premiers combats au dernier candidat.

Se tournant vers Aymeric de BoisJoli, il attendit son approbation. Le seigneur inclina la tête en signe d'assentiment.

– Voici donc l'ordre des duels : Chevalier Hugues d'Oriet contre Chevalier Thibault de La Combe aux Loups, le vainqueur de cette lutte rencontrera Chevalier Renaud du Val Fleury. Après le repas nous reviendrons sur le champ pour assister à la joute entre le chevalier gagnant et le Seigneur Amaury du Piton des Vents. Une dernière condition à ces joutes : nous assistons aujourd'hui à une lutte courtoise, le combat cessera à la première lance brisée. Mes Seigneurs, veuillez rejoindre vos tentes respectives et vous préparer.

Lentement, les cavaliers se retirèrent et disparurent dans leur campement. Leurs écuyers s'activèrent autour des montures dans un premier temps. Ils ôtèrent la houssure de parade et chaque destrier fut paré de son caparaçon de combat. Ce fut ensuite au tour des jouteurs de s'apprêter. Le chevalier passa sur sa côte de mailles, un surcôt orné de ses armoiries et plaça son heaume sur son camail afin de protéger sa tête. Il enfourcha sa monture et les écuyers ajustèrent le caparaçon sur la croupe du cheval, le faisant retomber jusqu'au sol.

La trompette du héraut d'armes résonna dans le campement et l'appel du Diseur du tournoi pria les chevaliers du premier combat de se présenter dans l'enceinte. Les tentes s'ouvrirent et les concurrents s'avancèrent lentement. Les couples cavaliers-chevaux étaient majestueux, richement parés. Leur prestance éblouissait l'assistance. Après avoir à nouveau salué Aymeric de BoisJoli et ses invités, ils rejoignirent leur place chacun à une extrémité de la lice et de part et d'autre de la barrière dissimulée sous une toile rouge. Ils se firent face, se saluant d'un mouvement de la lance. La foule retenait son souffle attendant le début du combat. Dans ce silence, la trompette du héraut d'armes résonna et la voix du Juge, Diseur du tournoi les invita à jouter.

Un coup d'éperons dans leurs flancs et les destriers s'élancèrent au grand galop. Lances baissées, les chevaliers foncèrent l'un vers 'autre. Les caparaçons rebrodés de fils d'or s'élevèrent dans le vent de la course comme un panache semé de reflets dorés. Les sabots des montures martelèrent le sol comme une vague se propageant dans leur course. Arrivés à bonne distance l'un de l'autre, les combattants levèrent leur lance sans se toucher, ce n'était qu'un galop d'essai afin de prendre la mesure de l'adversaire. Au second passage, ils visèrent le bouclier. Le choc sur la targe explosa bruyamment, le Chevalier d'Oriet vacilla sur sa selle sans tomber.

Au quatrième passage, il s'allongea sur l'encolure du cheval pour mettre tout son poids dans la lance qui percuta l'écu adverse. L'impact fut violent et le bruit de la lance se brisant, retentit comme un coup de tonnerre dans un ciel d'orage. La foule applaudit, criant son plaisir. Le Chevalier Renaud de La Combe aux Loups déclaré vainqueur, le Diseur du tournoi lui accorda quelques instants de repos, laissant la place aux jongleurs et aux cracheurs de feu venus distraire les spéctateurs.

Après cet intermède, les candidats suivants entrèrent dans l'arène avec le même cérémonial. Dans la liesse générale, les chevaliers combattirent avec ardeur et dextérité. Le chevalier Thibault du Val Fleury l'emporta. Ce serait donc à lui que reviendrait le redoutable honneur de combattre contre son Suzerain, Amaury du Piton des Vents.

Au son de la trompette du héraut d'armes, le Diseur du tournoi annonça la fin de la première partie des festivités et invita toute l'assemblée à se rendre au banquet préparé à son attention. Le repas fut joyeux, animé, les mets appréciés, les convives ravis. Au milieu de la gaîté générale, Aubrée semblait loin de tout, parlant peu, mangeant du bout des lèvres, totalement absente, perdue dans ses pensées. Son père bouillait intérieurement face cette attitude, quant à Mahault elle était triste sachant combien sa fille souffrait. Prétextant un peu de fatigue, Aubrée demanda l'autorisation de se retirer un moment sous la tente préparée pour les dames. Mahault interrogea son époux qui y consentit.

> – Excusez ma fille, dit-il à ses invités. C'est une journée importante, elle est un peu fatiguée et désire prendre quelque repos avant la poursuite des réjouissances. Elle nous rejoindra pour le dernier combat.

Réfugiée sous le dais, Aubrée retrouva Gaspard et Guillaumette.

– Mes fidèles amis, vivement que cette mascarade s'achève. J'en ai assez de devoir sourire alors que je voudrais tous les renvoyer dans leur château et ne plus les voir. *Elle soupira.* Est-ce-que tout est prêt ? interrogea-t-elle

– Tout est prêt, répondit Gaspard

– Es-tu toujours décidée et sûre de ton choix ? demanda sa nourrice.

– Plus que jamais, Nounou. Maintenant que je l'ai vu, cet homme me fait encore plus horreur. Plutôt mourir ou finir ma vie au convent que de l'épouser.

– C'est ce qui adviendra si nous échouons.

– Nous réussirons, j'en suis certaine, dit la jeune fille.

– Bien ! Il te faut maintenant regagner ta place pour le dernier duel.

La trompette se fit entendre dans le campement, invitant les spectateurs à s'installer. Aubrée reprit sa place entre ses parents. Les deux derniers candidats se présentèrent au bout de la lice et chacun put admirer la magnificence du Seigneur du Piton des Vents. Vêtu d'un surcôt d'une blancheur éclatante mettant en lumière ses armoiries rouge sang, il portait avec prestance un heaume scintillant dans le soleil. Ses écuyers avaient recouvert son destrier d'un caparaçon d'un bleu lumineux orné de broderies d'or et d'argent. Sûr de lui, il affichait une attitude hautaine. Aubrée frémit, cet homme lui faisait peur.

– *Pourvu que nous réussissions, pensait-elle comprenant que le Suzerain ne laisserait aucune chance au courageux chevalier qu'il allait affronter.*

Le Chevalier Thibault du Val Fleury se défendit avec courage mais ne put rien faire contre la puissance et la violence de son adversaire. Jouteur aguerri, ce dernier finit par épuiser son rival dont la lance vint heurter l'écu du Suzerain sous un mauvais angle et se brisa dans le choc. Un hurlement de satisfaction s'éleva dans la lice. Amaury du Piton des Vents avait gagné cette jeune fille qu'il convoitait. Sans plus d'égard pour son adversaire et sans attendre, il vint se placer face à Aubrée

- Belle damoiselle, je viens vous demander ma récompense, dit-il d'une voix forte.

- Et de quelle récompense parlez-vous, Mon Seigneur, demanda Aubrée qui s'était levée.

- Votre foulard, répondit-il en lui tendant la pointe de sa lance, comme gage de notre futur mariage.

- Sachez, Mon Seigneur, que jamais je ne vous épouserai. Vous voulez mon foulard, le voici.

Et elle le jeta aux pieds du cheval qui, surpris, le piétina. Du public stupéfait des murmures montèrent. Amaury retira son heaume et le jeta au sol. Lèvres pincées, les yeux lançant des éclairs menaçants, une colère sourde se lisait sur son visage.

- Petite fille stupide, comment osez-vous faire un tel affront à votre Suzerain ? Les mots sifflaient entre ses dents tant sa fureur était grande. Craignez mon courroux.

- Je ne vous crains point, Mon seigneur. Je ne vous voulais pas comme époux, seul mon père y trouvait quelque intérêt. Il a refusé que je m'unisse à Elzéar que j'aime depuis toujours et qui est devenu hier, mon époux devant Dieu puisque, vous les hommes, me l'avez refusé.

- Effrontée ! Seigneur, dit-il en se tournant vers Aymeric, j'attends de vous le plus sévère des châtiments. Vous, il désignait quatre de ses écuyers, saisissez ce manant d'Elzéar qui s'enfuit et me le ramenez.

- Maudite enfant ! Cette fois c'était Aymeric de BoisJoli qui parlait. De rouge de colère, il était maintenant vert de rage. Qu'on la reconduise au château, dit-il et qu'on l'enferme dans la cellule, au sommet du donjon. *Il se tourna vers sa femme.* Qu'elle n'en sorte plus jusqu'à ce que ma décision soit prise. Puis s'adressant à son Suzerain. Pardon Mon Seigneur, je vais également punir sévèrement Elzéar. Il regrettera longtemps sa félonie.

- Je suis l'offensé, c'est à moi qu'il appartient de lui infliger le châtiment qui me conviendra.

Escorté des quatre écuyers, ligoté, le jeune homme fut conduit devant le seigneur. Du haut de son destrier, le Seigneur Amaury du Piton des Vents fulminait de rage.

- Tu avais déjà préparé ta fuite à ce que je vois, dit-il en montrant un sac que le jeune homme portait dans son dos. Trop tard.

Le regard noir et menaçant, il ordonna

- Conduisez ce manant sous bonne garde auprès de mon ami le Seigneur d'Albi. Il a pris la croix et s'en va en croisade avec notre bon roi Louis ! *puis s'adressant au proscrit,* Quant à toi, tu es banni de ce lieu avec interdiction d'y revenir jamais, sous quelque prétexte que ce soit. Si tu passais outre ce jugement, tu serais arrêté et pendu séance tenante. Suis-je assez clair ? J'espère que chaque jour écoulé te fera regretter ton infamie et que tu périras en Terre Sainte. Disparais de ma vue, misérable !

Le ton était dur, cinglant. On sentait toute la rage de cet homme vibrer à chacun des mots prononcés.

Encadré par deux hommes en armes, Elzéar acquiesça d'un signe de la tête.

– Suis-nous sans résister si tu veux continuer à vivre, lui intima le plus âgé de deux hommes d'arme.

Le jeune homme cala sur son dos le sac de toile dans lequel il avait serré quelques vêtements. Il jeta un regard en arrière. Amaury du Piton des Vents et ses soldats le surveillaient du haut de leur monture, prêts à lui barrer le chemin s'il s'avisait de s'évader. Elzéar s'emplit une dernière fois les yeux et le cœur de ce paysage familier qu'il ne reverrait sans doute jamais et suivit les soldats dont l'un avait attaché la corde de ses poignets au pommeau de sa selle.

– Quant à vous, Seigneur de BoisJoli, que ce soit bien clair, je ne veux plus entendre parler de vous. Vous ne participerez plus à mes combats ou à mes chasses. Un tel affront public mériterait un châtiment encore plus sévère mais je veux bien admettre que cela s'est fait sans que vous le sachiez.

Aymeric de BoisJoli restait tête baissée en signe de soumission mais la rage dévorait son âme et son cœur.

- Tu ne perds rien pour attendre, ma fille. Dure sera mon châtiment.

– Merci de votre mansuétude, Mon Seigneur. Je vous promets que la sanction infligée à cette enfant rebelle sera à la hauteur de sa faute.

Amaury du Piton des Vents avait déjà fait faire demi-tour à son destrier et s'éloignait de la lice sans même un regard pour son vassal.

7*

LA FUITE

Un silence assourdissant s'était abattu sur le campement. Les uns après les autres, les invités quittèrent les lieux après avoir brièvement salué Aymeric de BoisJoli . Lorsque tous furent partis, il appela son intendant.

- Édouard ! ordonna-t-il, distribuez toute la nourriture restante aux villageois. Puis rentrez, vous démonterez les installations demain.

- Comme il vous plaira, Mon Seigneur

- Je regagne le château !

Aymeric tourna les talons, enfourcha son cheval qu'un écuyer lui avait amené. D'un coup d'éperons dans ses flans, il le lança au galop soulevant un nuage de poussière.

– Il est furieux, remarqua Édouard. Je ne voudrais pas être à la place de Damoiselle Aubrée.

Le jeune écuyer acquiesça d'un hochement de tête. Chacun au château connaissait le caractère souvent violent et sans pitié du seigneur. Arrivé dans la grande cour, il sauta au bas sa monture, lança la bride à un domestique arrivé en courant et s'engouffra dans l'escalier des appartements dont il monta les marches quatre à quatre. Mahault dans son fauteuil se mit à trembler de peur lorsque la porte de sa chambre claqua contre le mur.

– Dehors, intima-t-il aux servantes. *Il était dans une rage folle* Comment, Ma Dame, avez-vous pu me faire subir pareille offense ?

Il hurlait contre à sa femme.

– Pardonnez-moi, mon époux, mais je n'étais pas au courant de son projet. Je suis aussi désespérée que vous.

– Vous n'avez rien vu, rien soupçonné ?

- Rien, absolument rien. J'ai même cru qu'elle s'était résignée devant son désir que sa robe soit la plus belle. Elle avait choisi ses vêtements, ses bijoux, sa coiffure avec un soin tout particulier. Il lui arrivait même d'être gaie. Comment se douter de ce qu'elle préparait. Je vous avais prévenu qu'elle se rebellerait mais pas de cette façon. *Mahault pleurait.*

- Nous réglerons ce problème demain matin. Qu'elle ne sorte de sa cellule sous aucun prétexte, que personne ne lui rende visite.

- Sa porte est gardée par des soldats qui se relaieront toutes les deux heures afin de ne pas s'endormir.

- Bien, approuva Aymeric. Je vous souhaite la bonne nuit, Ma Dame ! Et cessez donc de pleurnicher. Vous m'exaspérez ! Gardez donc vos larmes pour plus tard.

Et il sortit de la chambre sans plus de discours laissant Mahault à ses interrogations, à sa peur de la sanction à venir. A la pensée qu'il pourrait appliquer le châtiment suprême pour laver un tel affront, elle se remit à sangloter.

> – Il n'osera pas condamner sa fille à la mort. Mon Dieu, mon enfant chérie, pourquoi avoir agi de la sorte ?

Elle alluma deux bougies qu'elle plaça sur un petit autel près d'un tableau représentant la Vierge Marie, s'agenouilla sur son prie-dieu et se mit à prier.

Épuisée par cette longue et douloureuse journée, elle se coucha et sombra rapidement dans un sommeil agité que des bruits de pas et des murmures dans l'escalier ne dérangèrent pas.

A l'heure de la deuxième relève, c'est Gaspard qui se présenta et invita les gardiens présents à aller se restaurer et dormir un peu.

- Tu es seul ? demanda l'un d'eux surpris

- Pour le moment ! Mon compagnon termine son repas et vient me rejoindre. Et puis, pour garder cette gamine inutile d'être deux. Il rit d'un rire puissant.

- Tu as raison. On ne l'entend ni bouger ni pleurer. Elle doit dormir. Bonne garde !

Et ils disparurent dans l'escalier. Sans perdre une minute, Gaspard ouvrit la porte de la cellule. Aubrée en sortit vêtue comme un soldat. Ils se postèrent de chaque côté de la porte et attendirent. A la relève suivante, ils se rendirent dans la salle des gardes puis en sortirent sans susciter la moindre surprise ; la plupart d'entre eux dormaient. Guillaumette les ayant rejoints, ils s'éloignèrent rapidement du château.

- Dépêchons-nous, dit Gaspard. Si nous partons maintenant, nous aurons assez d'avance pour qu'ils ne puissent nous rattraper.

Ils s'enfoncèrent dans la forêt au pied du Gardien. Dissimulée sous un tas de branchages une roulotte les attendait. Pendant qu'Aubrée revêtait un habit de paysanne, Gaspard alla chercher les chevaux qui paissaient un peu plus loin et les attela aussitôt. Le trio s'installa sur la banquette et ils disparurent au cœur du bois. Aucun d'eux ne disait mot, l'angoisse les étreignait. Il fallait avancer, mettre le plus de lieues possibles entre eux et les soldats qu'Aymericde BoisJoli ne manquerait pas de lancer à leurs trousses. Au travers des arbres, ils apercevaient le ciel noir, sans lune, sans étoiles ; pas de bruit non plus. Il faisait très froid, l'air sentait la neige

- Elle ne va pas tarder à tomber, remarqua Gaspard

- Tant mieux, elle couvrira nos traces, se réjouit Aubrée

- Nous resterons le plus longtemps possible dans la forêt, nous ne serons en sécurité qu'après avoir dépassé le village au bord de la rivière. Nous traverserons le cours d'eau à gué mais nous devons le faire quand tout le village dort encore.

– Pourquoi ? demanda-t-elle

– Comme personne ne nous aura vu, nul ne pourra renseigner nos poursuivants s'ils arrivent jusque-là ! Passé la rivière, nous trouverons un bois où nous nous reposerons en attendant la nuit pour poursuivre notre chemin.

– Mais ils verront nos traces au bord de l'eau et comprendront, fit remarquer Guillaumette.

– Ils ne le pourront pas, dit Gaspard un tantinet moqueur

– Et pourquoi ça ? demanda la nourrice, un peu vexée

– J'ai attaché des branchages à l'arrière du chariot et tout est effacé depuis que nous avançons.

– Merveilleux, dirent les deux femmes. Tu es un homme extraordinaire.

– Vous me le répéterez lorsque nous serons arrivés à destination et nous en avons encore pour quelques jours. Allez-vous allonger, la nuit sera encore longue.

– Vas-y ma jolie, dit la nourrice à Aubrée. Je vais tenir compagnie à Gaspard pour éviter qu'il ne s'endorme.

Ils rirent tous les trois, la tension des premières lieues se faisant un peu moins forte.

– La journée a été longue et difficile. Je veux bien me reposer un peu.

La jeune fille passa à l'arrière de la charrette et s'installa sur des couvertures. Elle sombra rapidement dans le sommeil.

– La pauvre enfant ! Il faut que nous réussissions, Gaspard ! dit Guillaumette.

– Tout est en place pour notre réussite, lui répondit-il. La rivière franchie, plus personne ne nous retrouvera. C'est ma région et je la connais parfaitement. Nul ne sait que j'y ai passé la plus grande partie de ma vie Nous rejoindrons la maison de mes parents. Elle se cache au fond d'un bois, loin du village et protégée de la vue des hommes. Quand j'irais au village, les habitants penseront que je suis de retour chez moi. Tu verras nous y serons à l'abri et en sécurité.

– Tu es vraiment merveilleux ! murmura Guillaumette. *Elle avait posé sa tête sur son épaule.* Je suis heureuse de t'avoir rencontré, tu as remis du bonheur dans ma vie et effacé ma peine après la mort de mon mari et le départ de mes garçons.

– Toi aussi, tu as mis du bonheur dans la mienne, bien ordinaire jusque-là. Jamais aucune femme ne m'avait intéressé.

Le silence se fit juste troublé par le souffle des chevaux et le grincement des roues.

* * * *

Au château de BoisJoli, la nuit s'achevait. La vie reprenait lentement, les marmitons préparaient le repas du matin. L'odeur du pain qui cuisait, celle des volailles qui rôtissaient, emplissaient les cuisines de parfums exquis.

Dans la grande salle un domestique ranimait le feu dans l'immense cheminée tandis qu'un autre dressait la table pour le seigneur. Aymeric vint s'y installer. L'intendant lui présenta une écuelle de soupe de légumes puis des tranchoirs de pain encore tièdes et croustillants accompagnés de plusieurs sortes de pâtés ainsi qu'un poulet doré à point. Une carafe d'eau était posée près d'un gobelet en métal incrusté de quelques pierres précieuses.

- Qu'on aille quérir mon épouse et ma fille et qu'on les conduise céans, ordonna-t-il à une servante.

- Bien, Mon Seigneur et elle sortit rapidement de la salle.

La domestique sortie, il commença son repas. A sa mine renfrognée, on pouvait facilement comprendre que la colère de la veille ne l'avait pas quitté. Il termina son bol de soupe et s'impatienta.

– Elles sont bien longues à me rejoindre ! Que se passe-t-il encore.

A cet instant, Mahault, les traits tirés par une nuit agitée pénétra dans la pièce, affolée.

– Que vous arrive-t-il, Ma dame ? Où est votre fille ?

– C'est aussi la vôtre, Aymeric ! Je l'ignore, dit-elle. Elle n'est plus dans sa cellule.

– Comment plus dans sa cellule ? Où sont les gardes chargés de sa surveillance ? *Il était de nouveau dans une rage folle.* Qu'ils viennent ici séance tenante.

Les soldats s'avancèrent, leur chef se détacha du groupe.

– Expliquez-vous, dit-il d'une voix où vibrait la colère.

- Je ne sais comment cette chose a pu se faire. Il y a toujours eu deux hommes devant sa porte et nous nous sommes relayés toutes les deux heures ainsi que nous en avions reçu l'ordre.

- Comment a-t-elle pu s'évader alors ? Elle a traversé les murs ou descendu le donjon au bout d'une corde ? Il n'y a eu aucun incident au cours de la nuit ?

- Rien d'important !

- Mais encore ?

- A la relève de minuit, un garde s'est présenté seul. Mais ils étaient bien deux à la relève suivante.

- Et qui étaient ces hommes ?

- L'un d'eux était Gaspard. Je n'ai pas reconnu l'autre, il faisait trop sombre.

- Gaspard, évidemment ! Son fidèle protecteur. Et où est Guillaumette, demanda Aymeric à son épouse.

- Elle est restée au village après le tournoi. Elle voulait passer un moment dans sa maison.

- Nous y voilà. Votre fille s'est enfuie avec leur complicité. Mais nous allons les retrouver et le châtiment sera sans appel. *Puis s'adressant au commandant de la garde :* Qui parmi vous connaissait bien Gaspard ? S'était-il confié à l'un d'entre vous, savez-vous d'où il venait ? De quelle contée, de quel village ? demanda-t-il nerveusement.

- Non, Mon Seigneur. Il n'était guère bavard, ne parlant jamais de lui. Nous savions seulement qu'il n'avait plus aucune famille ni parents, ni femme, ni enfants.

- Au moins vous avait-il parlé de sa région ? *Il lui restait cet ultime espoir*

- Il ne nous en a rien dit. Cet homme est un grand mystère, il ne se mêlait pas aux autres soldats, faisant son travail sans jamais rechigner puis s'isolant du reste de son arroi. Un taiseux !

- Nous ferons sans. Formez quatre équipes, dit-il au chef des soldats. Nous irons dans quatre directions, Nord, Sud, Est et Ouest. Je prendrai le commandement de celle du Sud. Vérifiez les traces au sol et allez le plus loin possible. Il faut me les ramener et en vie. Si l'un de vous les arrête, envoyez aussitôt un messager. Sinon rendez-vous ici dans deux jours.

Les groupes formés, chacun s'en fut dans la direction désignée. Mahault les regarda s'éloigner du haut des remparts, les mains jointes, le visage inondé de larmes. Elle savait que si un groupe les trouvait, la sentence serait sans appel pour les trois fugitifs.

– Seigneur, implora-t-elle, faites qu'ils aient pu s'enfuir suffisamment loin pour ne plus être repris.

* * * *

Le chariot, tiré par deux solides chevaux, avançait sans difficulté dans le sous-bois. Lorsque le jour se leva, ses occupants avaient déjà franchi la rivière et s'étaient mis à l'abri dans un bosquet assez touffu Dissimulés aux regards des villageois qui quittaient leurs chaumières, ils attendirent. Personne ne les avait vus.

– Tout va bien, dit Gaspard qui s'était posté à la lisière du bois pour observer le village. Nous pouvons prendre quelque repos. Nous ne ferons aucun feu.

– Nous avons de la viande séchée, du fromage et des fruits ! dit Guillaumette

– Parfait. Dormez un peu toutes les deux, je monterai la garde

– Il faut vous reposer aussi, lui dit Aubrée

– Je le ferai avant que nous repartions et ne vous inquiétez pas pour moi. Je suis habitué à ne pas dormir quand il le faut. La vie de soldat n'est pas une vie facile.

Les deux femmes remontèrent dans la charrette et s'endormirent aussitôt. Gaspard avait dételé puis attaché les chevaux qui paissaient tranquillement.

Il était satisfait de leur avancée. Ils avaient mis de nombreuses lieues entre eux et leurs poursuivants. Maintenant il était dans sa région, il la connaissait parfaitement et savait comment poursuivre leur route sans risque. La seule difficulté serait la neige qui tombait et qui ralentirait leur progression.

Après deux jours de recherche, les groupes de soldats rentraient au château de BoisJoli. Le dernier à franchir les portes fut celui du seigneur. Le chef de chaque équipe vint lui faire son rapport. Tous lui dirent la même chose

- Mon Seigneur, nous avons parcouru plus de dix lieues dans la direction donnée, nous n'avons rien trouvé. Pas de traces au sol, les paysans que nous avons interrogés n'ont vu passer aucun attelage, aucun groupe de trois personnes. Ils semblent s'être évaporés. Désolé Mon Seigneur.

- Nous sommes allés jusqu'au village au bord du fleuve, lui dit un autre chef de patrouille. Personne ne les a vus, nous n'avons relevé aucune trace.

- Ils avaient trop d'avance sur nous ! répondit-il. Ils avaient bien préparé leur fuite et je n'ai plus Elzéar pour lui faire avouer la direction prise.

Il était dans une rage folle. Il sauta au bas de son cheval et rejoignit sa femme. Mahault attendait avec angoisse de savoir si les fuyards avaient été retrouvés. Elle sursauta quand Aymeric entra

- Avez-vous pu les rattraper, Mon Seigneur ? demanda-t-elle d'une voix tremblante

- Non, Ma dame. Ils avaient trop d'avance pour cela. C'est vous qui subirez le châtiment que je comptais infliger à votre fille. A compter de ce jour, vous resterez dans votre chambre et n'en sortirez plus jamais. Vous ne verrez plus vos fils et pour moi, vous n'existez plus. Je vous épargne le couvent ainsi que je pourrais le faire. Inutile de me supplier, vos jérémiades ne me touchent pas.

- Vous ne voulez pas m'accorder votre pardon malgré que je ne sois en rien responsable de cette situation. *Elle se redressa, fière et sereine.* Je suis heureuse que ma fille ait pu vous échapper et si pour cela je dois subir votre ire, j'accepte votre châtiment et je m'y tiendrai.

- Je vous le conseille. Adieu, Ma Dame.

Il s'en fut sans aucun signe d'humanité, toujours tenu par sa colère. La porte refermée, Mahault s'agenouilla devant la Vierge. Mains jointes elle murmura :

- Merci à vous, Vierge Marie, d'avoir protégé mon enfant chérie. Pour elle, pour qu'elle soit heureuse, j'aurais accepté le couvent et même la mort.

Elle se signa et alluma deux bougies. Un sourire apaisé illuminait son visage, son cœur retrouvait son rythme normal. S'adressant à la Vierge, elle lui demanda :

- Vierge Marie, continuez à protéger Aubrée ainsi que Guillaumette et Gaspard qui l'accompagnent.

8*

LE REFUGE

La journée se passa sans qu'aucun soldat ne se manifestât. Gaspard avait surveillé la berge opposée et le village. Aucune agitation particulière n'avait perturbé les villageois qui vaquaient à leurs activités habituelles. Rassuré, il avait consenti à prendre quelque repos. Après un repas frugal rapidement avalé, il s'était enroulé dans une couverture et allongé près des chevaux qui paissaient tranquillement. Les deux femmes en profitèrent pour vérifier ce qu'ils avaient prévu pour le voyage et leur installation.

- Avons-nous bien calculé ce dont nous aurions besoin ? Combien de temps va durer notre voyage ? demanda Aubrée.

– Une dizaine de jours si tout va bien, dit Guillaumette. Gaspard pense que ce sera suffisant. Il ne voulait pas trop charger le chariot pour ne pas fatiguer les chevaux. Et puis il pourra chasser et de notre côté nous cueillerons des légumes et des fruits sauvages. Ne t'inquiète pas, nous y arriverons. Ton plan a bien fonctionné.

Elle se remémora ce jour de septembre après l'annonce faite par Aymeric de BoisJoli et le chagrin d'Aubrée, puis cet autre jour quand la jeune fille les réunit pour leur expliquer son plan : elle refuserait de se marier avec le suzerain devant toute l'assistance, son père la punirait sévèrement, ils prendraient la fuite. Voulaient-ils l'aider et l'accompagner, connaissant les risques s'ils étaient repris ? Bien sûr qu'ils acceptaient. Elle donna quelques écus d'or à Gaspard et à Guillaumette pour qu'ils se chargent de rassembler tout ce qu'il fallait pour réussir. Mais où se rendre sans que les soldats puissent les rattraper ? Gaspard proposa sa maison dans une autre région.

– J'ai eu peur, tu sais, reprit la jeune fille. Je craignais que Mère ne se doute de quelque chose.

– Finalement tout s'est passé comme tu l'avais prévu. Tout va bien !

– Non Nounou ! Tout ne va pas bien, dit Aubrée dont la voix s'était cassée dans un sanglot.

– Comment ça, ma jolie ? Nous sommes loin du château et les soldats ne nous ont pas retrouvés.

– C'est Elzéar, Nounou ! Pourquoi est-il resté dans le campement alors qu'il devait nous attendre près de la carriole ?

– En effet, je ne comprends pas !

– Il devrait être là avec nous, avec moi ! Au contraire il est prisonnier et va partir guerroyer en Terre Sainte. En reviendra-t-il, Nounou ?

Elle pleurait, des sanglots brisaient sa voix Elle vint se blottir contre Guillaumette qui l'entoura d'un bras protecteur et en la berçant comme lorsqu'elle était petite, murmura ;

– Garde confiance, ma chérie ! Il sait où nous rejoindre. Il reviendra, vous vous retrouverez et vous serez heureux. Dieu nous a permis de fuir, il vous réunira.

Aubrée se calma peu à peu, s'accrochant à cet espoir. Le jour baissait quand Gaspard les rejoignit tenant les chevaux par la bride.

– Nous devons partir avant que la nuit ne soit tombée.

– Nous sommes prêtes, dit Guillaumette. Elle rabattit la bâche à l'arrière du chariot et tous trois s'installèrent sur le banc à l'avant. Un claquement de langue de l'homme et les chevaux se mirent en marche.

– Ce soir nous franchirons la frontière avec la région voisine. Nous y passerons la nuit. A compter de demain, nous pourrons voyager de jour.

– Sommes-nous assez loin ? s'inquiéta Aubrée.

– Oui, ma demoiselle ! Nous avons deux jours d'avance. Personne ne nous a retrouvés, ils ont dû abandonner les recherches. Nous avons réussi.

Un soupir de soulagement s'échappa de leurs trois poitrines. Leur périple se poursuivit dans la bonne humeur retrouvée. Les deux femmes dormirent à tour de rôle. Au lever du jour, Gaspard arrêta l'attelage.

– Nous entrons dans ma contrée ! annonça-t-il

Aubrée et Guillaumette se dressèrent et restèrent sans voix devant le spectacle qui s'offrait à leurs yeux.

– Je vous présente mon pays de volcans ! dit Gaspard, enveloppant le paysage d'un large geste de la main.

– C'est magnifique, s'extasièrent les deux femmes.

Devant elles un relief aux formes étonnantes, arrondies, adoucies par des millénaires d'érosion ; des montagnes recouvertes de forêts ; des plateaux, une rivière qui se jetait dans leurs gorges escarpées ; une féerie recommencée à chaque tour de roue.

– Nous allons grimper encore quelques sommets, descendre dans deux vallées, et longer la rivière qui y coule avant de découvrir ma forêt ! expliqua Gaspard.

– Combien de temps encore ? demanda Aubrée

– Si la neige ne nous retarde pas, environ huit jours

– Mais il ne neige pas, fit remarquer Guillaumette.

– Pas encore. Avez-vous senti que le froid est plus intense ? Regardez ce ciel bas qui se grisaille de plus en plus, cette odeur indéfinissable qui sent la neige ?

– En effet, le ciel a changé ces dernières heures et il fait beaucoup plus froid.

– Quand la Burle, ce vent glacial, se met à souffler, tous les hommes se calfeutrent dans les maisons, les animaux au fond de leurs terriers ou dans leurs grottes. La vie se met en boule et attend sagement que cette furie se calme.

– J'ai froid juste à vous entendre ! dit Aubrée en riant.

– Ne craignez rien nous serons bien au chaud dans ma chaumière si nous arrivons avant que la neige ne tombe. Allez, mes jolis ! dit-il à ses bêtes en faisant claquer la bride sur leurs encolures. L'attelage s'ébranla

–

* * * *

Ils franchirent un premier col sans encombre, les chevaux avançant à une allure soutenue. Au cinquième jour du voyage, alors qu'ils entraient dans une forêt de sapins très dense, la neige se mit à tomber. D'abord légers comme des papillons voletant d'une branche à l'autre, les flocons devinrent bientôt plus lourds, plus drus, masquant les alentours, réduisant la visibilité.

– Nous devons nous arrêter, dit Gaspard, inquiet, ou nous allons nous perdre.

Il conduisit rapidement la roulotte en un lieu abrité sous une futaie de jeunes arbres assez touffue. Le froid y était intense mais la neige n'y tombait pas encore, retenue plus haut dans la ramure. Il tendit une toile entre deux sapins, détela les chevaux, les recouvrit d'un drap épais et les conduisit sous cet abri improvisé.

– Voilà, mes jolis, leur dit-il en flattant leur croupe, vous serez protégés.

Puis remontant dans la carriole, il demanda aux deux femmes de se couvrir chaudement.

– Allumer un feu ne servirait à rien. Nous resterons à l'intérieur.

Ses compagnes s'enveloppèrent dans des mantels doublés de fourrure, glissèrent leurs pieds dans des bottes doublées de peaux de lapin et mirent des gants fourrés eux aussi. La capuche rabattue sur leurs cheveux, elles ressemblaient à des ourses. Se voir ainsi caparaçonnées, les fit rire.

- Nous voilà bien au chaud, dit Gaspard qui avait enfilé lui aussi une grosse veste doublée de mouton.

- Mangeons, ensuite nous dormirons. Le soldat reprenait son rôle de responsable de la vie de ses compagnes.

- Cela va-t-il durer longtemps ? demanda Aubrée

- Difficile à dire mais au moins deux jours. Nous devons être patients et prudents, nous sommes presque arrivés.

Ils dînèrent en silence, chacun perdu dans ses pensées. Le repas terminé, Aubrée demanda à descendre pour satisfaire un besoin naturel.

- Ne vous éloignez pas trop, vous pourriez vous perdre.

- Promis, dit-elle.

Elle avança de quelques mètres dans le sous-bois. Comme elle revenait vers le chariot, elle entendit des petits cris plaintifs comme si quelqu'un pleurait non loin d'elle. Intriguée, elle se laissa guider par les gémissements. Quelle ne fut pas sa surprise, en écartant les branches d'un petit buisson, de découvrir deux bébés loups. Ils pleuraient, se blottissant l'un contre l'autre près de leur mère morte. Aubrée s'en approcha doucement pour ne pas les effrayer.

- Pauvres petits ! Vous devez avoir peur et froid ! Votre maman ne peut plus vous protéger. Venez là !

Elle les prit dans ses bras. Ils tremblaient. Ils se réfugièrent aussitôt dans la chaleur de son manteau avec des petits cris plaintifs.

- Calmez-vous, leur dit-elle d'une voix douce. Je ne vais pas vous abandonner. Vous devez aussi avoir faim Qui sait depuis combien de temps vous êtes là ?

Elle se pressa de retourner à la roulotte

- Regardez ce que je viens de trouver, dit-elle à ses amis en sortant les louveteaux de son mantel.

- Dieu du ciel ! s'exclama Nounou, des loups ! Comment va réagir leur mère si elle ne les retrouve pas

- Elle est morte, sans doute surprise par le froid. Ils sont orphelins, nous ne pouvons pas les abandonner ou ils mourront à leur tour. Nous les gardons, dit-elle sur un ton qui n'admettrait aucun refus.

- C'est d'accord ! Gardons-les. Ils auront de l'espace dans mon domaine, dit Gaspard. Ils doivent avoir faim.

Et il se mit à tailler des petits bouts de viande séchée que les petits loups dévorèrent avec avidité. Repus, ils se mirent en boule contre Aubrée et s'endormirent. Ils l'avaient adoptée, elle devenait leur mère.

- Comment allons-nous les appeler, interrogea la jeune file en caressant leur doux pelage. Avez-vous une idée ?

- Nous avons une fille et un gars, il nous faut donc deux prénoms. Que pensez-vous de Wolf pour le mâle ? Ce mot signifie « loup » en allemand, proposa Gaspard qui avait appartenu quelque temps à un groupe de soldats venus de Germanie.

- Superbe et moi je verrais bien pour la fille, Walky, abréviation de walkyrie, suggéra Aubrée, car cette demoiselle me paraît être une battante.

- Adopté, dirent ensemble ses deux compagnons.

- Alors, je vous baptise Wolf et Walky, déclara Aubrée en faisant un signe de croix au-dessus de leur tête.

Ils passèrent deux jours dans la carriole. Gaspard sortait pour s'assurer que les chevaux allaient bien et les faire marcher un peu. Aubrée et Guilaumette promenaient les louveteaux. Ils les suivaient en jappant doucement. Ils avaient bien récupéré et oublié leur mésaventure. Peu à peu la neige cessa de tomber. Le froid se faisant moins mordant, toute la troupe reprit sa route. Lorsqu'ils sortirent de la forêt, tout le paysage était recouvert de neige. Un blanc lumineux qui faisait mal aux yeux.

- Nous arrivons bientôt, dit Gaspard. Voici „ La Tortue de Montusclat ». Il leur montrait un rocher

– Pourquoi ce nom ? demanda Aubrée

– Regardez sa forme. On dirait une carapace de tortue. D'où son nom.

Les deux femmes admirèrent de nouveau le décor et toutes ces formes étranges, si suggestives.

– En effet, on dirait bien une tortue.

– Alors, nous sommes presque arrivés. Mon logis se trouve dans la forêt que vous apercevez à son pied. Plus que deux lieues et nous pourrons nous reposer sans crainte et commencer une nouvelle vie.

Chacun se tut imaginant ce futur qui s'offrait à eux. Ils pénétrèrent bientôt dans un bois touffu et franchirent une haie épaisse composée de frênes et de noisetiers. Passé cette barrière végétale, ils aboutirent dans une clairière dont on ne soupçonnait pas la présence. A nouveau, Aubrée et Guillaumette furent surprises par ce qu'elles découvraient : une vaste prairie couverte de neige et tout au fond une petite chaumière faite de troncs d'arbres avec un toit en ardoises.

- On dirait une maison de poupées, s'extasia la jeune fille.

- Je suis heureux qu'elle n'ait pas trop souffert de son long sommeil, dit Gaspard. Allons la réveiller

Il sauta au bas de la charrette, s'avança, prit la clef dissimulée entre les rondins et ouvrit la porte.

- Nous voilà chez nous, déclara Gaspard. *Ses compagnes de voyage s'étant arrêtées sur le seuil, il les invita à entrer.* Il y a quelques toiles d'araignées et un peu de poussière

- C'est une belle maison. Nous aurons vite fait de lui rendre sa beauté., dit Guillaumette

- En attendant, allumons la cheminée pour nous réchauffer, proposa Gaspard.

Aussitôt dit, aussitôt fait et bientôt l'âtre s'illumina du rougeoiement des flammes faisant chanter les bûches. Une douce chaleur se répandit dans la grande pièce Guillaumette faisait le tour de la demeure tandis que les deux autres déchargeaient le chariot. Les petits loups couraient partout, flairant chaque chose, faisant connaissance avec les lieux.

- Il va falloir que je construise deux chambres dans ce qui était l'étable. Qu'en pensez-vous ?

- Bien sûr, dit Aubrée. De cette façon nous aurons plus vite tout ce qu'il faut dans la maison.

- Il me faut aussi prévoir une écurie pour les chevaux qui ne pourront pas passer tout l'hiver à l'extérieur. La pâture est clôturée, c'est déjà un avantage. Il resta un moment silencieux.

- Que se passe-t-il, Gaspard ? Un souci, demanda Aubrée

- Oui, demoiselle ! Je pense à ce que vont coûter ces travaux. Nous n'aurons jamais assez d'argent pour les réaliser.

- Nous en avons, mon cher ami, nous en avons. Regardez. Elle décrocha une bourse qu'elle portait à la ceinture et en répandit le contenu sur la table. Gaspard et Guillaumette ouvrirent de grands yeux. Il y avait des écus d'or et d'argent et de nombreux bijoux en or et parfois incrustés de pierres précieuses.

– Je l'avais dissimulée dans la cellule sachant que mon père m'y enfermerait après mon esclandre. Nous en vendrons quand nous aurons besoin de matériaux et pour tout ce qu'il nous faudra pour vivre confortablement.

– Tu as pensé à tout, ma beauté, dit Nounou en la serrant dans ses bras.

– J'irai demain au village faire des emplettes. Pour ce soir, mangeons et reposons-nous. Une bonne nuit de sommeil sera la bienvenue. Vous prendrez la chambre et je dormirai ici.

Wolf et Walky quant à eux, s'étaient installés sur une couverture qu'Aubrée avait disposée devant la cheminée et dormaient tranquillement blottis l'un contre l'autre. La vie s'organisa. Gaspard transforma l'ancienne étable attenante à la pièce principale en deux belles chambres, puis ce fut l'écurie. Guillaumette, solide paysanne habituée aux travaux rudes et pénibles lui était d'une aide précieuse. De son côté, Aubrée avait nettoyé la maison, encaustiqué les meubles d'une cire d'abeilles dont le parfum embaumait les lieux. Souvent elle préparait le repas.

Un matin en se réveillantt, elle se sentit bizarre, un peu faible. Elle se leva avec difficulté.

- Que m'arrive-t-il ? Elle réfléchit un moment et une réponse se fit jour dans son esprit. Elle rejoignit Nounou dans la cuisine où elle préparait le petit déjeuner.

- Nounou, lui dit-elle, je crois que je vais avoir un bébé !

- Un bébé ? Elzéar t'a enceintée ? Vous avez dormi ensemble ?

- Oui, la veille du tournoi. Je ne voulais pas qu'un autre que lui me touche. Je ne voulais que lui pour époux.

Elle s'assit à la table et se tut. Un rêve au fond des yeux, son esprit remontait le temps vers cet après-midi magique où ils s'étaient donnés l'un à l'autre. Tout lui revenait en mémoire : la douceur du lit de feuilles, ce parfum automnal qui s'en échappait, les caresses d'Elzéar, la douceur de ses mains, de ses lèvres sur les siennes puis son poids sur elle, son corps épousant le sien, enfin la passion qui les avait emportés dans une explosion de plaisir, les laissant haletants.

- Tu rêves ma beauté ? demanda Nounou

- Un souvenir merveilleux et tendre. Nounou, que va devenir cet enfant qui ne connaîtra peut-être jamais son père ?

- Nous serons là pour l'aimer, le protéger, le guider dans la vie. Ne sois pas inquiète. Pense avant tout à ce cadeau que te fait le ciel, ce petit être est né de votre amour, un petit morceau de vous deux.

Et leur vie s'installa dans ce nouveau décor, une existence simple et paisible. Les loups étaient devenus deux belles bêtes qui regardaient Aubrée s'arrondir avec des regards pleins d'amour. Lorsque parfois elle se promenait hors de l'enclos, ils la suivaient, protecteurs et vigilants. Il lui arriva d'apercevoir des forestiers qui s'éloignaient rapidement à la vue des loups. C'est ainsi que naquit la légende de « La Dame aux Loups », cette fable qui faisait fuir les curieux et protégeait les habitants du lieu de leur curiosité.

*˙˙`*•., ( ‾`☆ * * * * ☆´ ‾), .•´*˙˙`*•☆

Ici s'achève le récit de Lysandre, le troubadour

Lysandre des Adrets plaqua un dernier accord sur son luth et se tut. L'assemblée resta un moment muette encore sous le coup de l'émotion ressentie, quelques dames essuyant une larme. Puis Gauthier de Sancy applaudit, imité par tous les invités.

- *C'est une bien belle histoire que vous nous avez contée, messire Troubadour.*

- *Je vous remercie, Mon Seigneur.*

- *Qu'est-il advenu de ces braves gens ? s'enquit Gauthier. L'enfant est-il né ? Les amoureux se sont-ils retrouvés ?*

- *Oui, Mon Seigneur. Un adorable petit garçon prénommé Quentin, aujourd'hui âgé de sept années. Mais il n'a pas encore retrouvé son père et Aubrée son amoureux.*

– Comme c'est attristant. Souhaitons-leur d'être réunis un jour et d'être enfin heureux. Il héla un domestique. Conduisez notre conteur aux cuisines. Qu'il se restaure ! Qu'on lui prépare aussi des victuailles pour la route. Il se leva signifiant ainsi que la fête prenait fin. A vous revoir, Messire Lysandre, dit-il en le saluant

– Avec grand plaisir, Mon Seigneur.

Les invités se retiraient à leur tour. Accompagné du serviteur, Lysandre se dirigea vers les cuisines où il fut servi avec attention. Un autre domestique vint lui remettre une bourse de la part du seigneur A son poids, il sut que son histoire avait plu. Mais personne ne s'était manifesté. Il avait espéré que parmi cette nombreuse assistance l'un des convives serait Elzéar et qu'il se reconnaîtrait dans son récit.

– Vous trouverai-je un jour, Elzéar ? Êtes-vous toujours en vie ? Êtes-vous revenu de Terre Sainte ? Ma douce Aubrée va être déçue.

Il rejoignit Caramel qui l'attendait dans l'écurie du château, posa sur sa croupe tous ses sacs et s'en fut.

ELZEAR, le manant forgeron

9*

ELZEAR, le banni...

Depuis plusieurs mois qu'il parcourait la région, Lysandre des Adrets avait raconté son histoire dans les châteaux, les villes, les villages. Il n'avait jamais éveillé le moindre intérêt auprès de ses auditeurs autre que celui d'entendre un beau et triste récit.

– C'est étrange de ne trouver aucun écho parmi les gens qui m'écoutent, pensa-t-il. Peut-être Elzéar n'est-il jamais revenu de la croisade ! Tant de croisés y sont morts. Pour ma douce Aubrée encore un espoir qui s'envole.

Il avait pris l'habitude de rejoindre la forêt de la Dame aux Loups après chacun de ses voyages.

Il y passait quelques jours avant de repartir sur les routes avec son fidèle Caramel.

Sa monture vieillissait et aspirait à un peu de repos. La pâture d'Aubrée lui plaisait bien

– J'y passerais bien le reste de ma vie, lui dit-il un jour. Et toi aussi, tu aimerais bien te poser enfin dans ce lieu si paisible près de la gentille damoiselle.

– Je l'avoue volontiers, elle a touché mon cœur et il me serait doux de demeurer à jamais près d'elle, reconnut le troubadour. Mais tant que je n'ai pas retrouvé son amoureux ou appris quelque chose de précis le concernant, je ne peux envisager de lui déclarer ma flamme.

Il aurait bientôt trente-cinq ans et rêvait d'une maison, d'une femme, d'enfants gambadant partout. Jusqu'à sa rencontre avec Aubrée, il n'avait connu que des filles de hasard, croisées dans les tavernes, des servantes dans les châteaux ou des marchandes sur les champs de foire. Aucune n'avait touché son coeur et il se satisfaisait de ces relations d'un soir. Faire la connaissance de la jeune femme, les jours passés en sa compagnie, l'avaient changé. Il avait apprécié la maison douillette et confortable, la gaîté qui y régnait et l'amour que se portaient ses habitants. Il avait réussi à conquérir Guillaumette qui l'accueillait maintenant avec plaisir. Elle voyait d'un bon œil l'amitié qui liait les deux jeunes gens, se disant que c'était la providence qui avait fait s'arrêter Lysandre dans cette prairie.

Elle en avait assez de voir la belle enfant se lamenter pour cet amour perdu. Le troubadour adorait Quentin qui le lui rendait bien. Le jeune garçon écoutait ses récits, avide de toutes ces connaissances que lui transmettait Lysandre, qui lui apprenait aussi à jouer du luth. Une amitié sincère et solide le liait à Gaspard. Même Wolf et Walky, les loups, l'attendaient dans la clairière à chacune de ses visites. Ils savaient qu'il arrivait. C'était alors une explosion de jappements joyeux, de bondissements autour de Caramel. Quant à Aubrée, le doux sourire avec lequel elle l'accueillait, lui laissait à penser qu'elle aimait sa présence. Ils passaient de longues heures à se promener dans la forêt ou assis à ombre du grand arbre du jardin. Elle appréciait ses contes, les rencontres qu'il faisait parfois drôles, parfois inattendues, quelquefois tristes. Elle buvait ses paroles et sa façon de l'écouter changeait.

- Peut-être commence-t-elle à m'apprécier différemment ? pensait-il. Peut-être fait-elle son deuil de son amour pour Elzéar ?

Il arrivait parfois à la jeune femme de se confier, de s'interroger sur son amour pour Elzéar. Était-il encore aussi fort que lors de sa fuite ? Serait-il aussi passionné après ces sept années de séparation, sept années d'absence ? Bien sûr, elle avait Quentin qui ressemblait tant à son père mais elle se demandait si elle ne poursuivait pas une chimère et si elle ne passait pas à côté d'un autre amour. Lysandre lui conseillait sagement de l'avoir revu pour décider. Il ferma les yeux cherchant l'image d'Aubrée derrière ses paupières closes.

- Tu dors ? lui demanda Caramel.

- Non, je ferme juste les yeux !

- Tu penses à Aubrée ! répondit le cheval dans un hennissement moqueur

- Je ne peux rien te cacher. Je me dis qu'après cette foire et si Elzéar ne s'est pas manifesté, je lui avouerai mon amour et lui demanderai l'autorisation de demeurer près d'elle.

- Enfin une sage décision, soupira l'animal. *Il s'imaginait gambadant dans la pâture, dégustant son herbe savoureuse, dormant sous l'abri ou restant bien au chaud dans l'écurie les soirs d'hiver.* Mais tu ne crains pas de t'ennuyer. Tu ne rencontreras plus tous ces gens qui viennent t'écouter et boire tes paroles.

- Je ne sais pas, répondit Lysandre

De nouveau il ferma les yeux revoyant ses auditeurs. Il était plaisant de chanter dans les châteaux ou dans les maisons cossues des bourgeois. Mais ce qu'il aimait par-dessus tout, c'était ces assemblées de petites gens, les paysans, les serfs ou les vilains, les forgerons, les sabotiers et tous ceux qui faisaient vivre les villages. Ils se réunissaient dans la taverne, face à l'âtre qui répandait sa chaleur. Pour la plupart, ils ne savaient ni lire ni écrire. Assis sur des bancs, des tabourets ou à même le sol, ils buvaient ses paroles. Il adorait les voir vivre l'histoire qu'il contait. Attentifs, silencieux, ils vibraient quand l'action se faisait dramatique ou riaient de bon coeur à ses traits d'humour. Dans leurs yeux, il voyait briller une étincelle de bonheur. Il sentait que pour un temps, ils oubliaient la dureté de leur vie, les difficultés du quotidien ; ils rêvaient d'un ailleurs. Ses histoires terminées, ils offraient à Lysandre des remerciements sous forme de viande séchée, de fruits, de miches de pain ou d'une bouteille d'un vin râpeux qui vous nettoyait le gosier. Le troubadour était comblé bien plus qu'avec les quelques pièces de métal ou parfois d'argent que ses auditeurs fortunés déposaient dans sa sébile. Il rouvrit les yeux pour voir que Caramel s'était assoupi et qu'à son tour, il se mettait à rêver.

– A ton tour de rêver, mon Caramel, lui dit Lysandre en le caressant tendrement. Bizarrement il lui semblait que ce jour ne serait pas comme les autres. Depuis le matin, quelque chose vibrait en lui, une petite voix intérieure qui lui murmurait de garder espoir, que bientôt une autre vie se dévoilerait à lui.

– Pourquoi ai-je cette sensation que ce jour sera différent des autres?

Pour la première fois depuis qu'il parcourait les chemins, il s'était aventuré plus loin que de coutume. Après un voyage de cinq jours, il était arrivé au Puy-en-Velay, la grande ville. Un colporteur, marchand ambulant rencontré lors de son passage à la foire de Brioude, lui en avait vanté les mérites tant religieux que culturels mais aussi les pèlerinages que faisaient beaucoup de malades. Des milliers de fidèles s'y rendaient suite à des guérisons miraculeuses opérées par la « Pierre aux fièvres ». La légende voulait qu'une femme atteinte de fièvres malignes avait été guérie en se couchant sur une pierre désignée par la Vierge Marie lors une apparition.

> – Devenue célèbre par ces miracles, lui expliqua le marchand, elle l'est devenue bien plus quand notre roi Louis IX lui a fait don de la Vierge noire à son retour des croisades. D'ailleurs beaucoup de croisés, de retour de Terre Sainte passent par cette ville.

- Des croisés, dites-vous ? interrogea Lysandre, soudain intéressé

- Oui ! Souvent ils sont malades ou blessés, des êtres portant sur leurs épaules et dans leurs yeux les traces de ce qu'ils ont vécu dans cet enfer de violence si loin de chez eux.

- Ce doit être douloureux de les voir ?

- C'est très triste car la plupart du temps, ce sont des hommes jeunes, des gens du peuple qui reviennent broyés par cette guerre en Terre Sainte et sans aucun avenir. Mais ceci mis à part, Le Puy-en-Velay est une cité charmante, vivante et agréable. Vous devriez y faire un tour. C'est aussi une ville littéraire prestigieuse qui accueille des étudiants de toute la région occitane ainsi que des poètes de langue d'Oc. Pour un troubadour comme vous, ce devrait être une belle occasion de vous faire connaître. Ce sera bientôt la foire de printemps et je suis certain que votre histoire serait appréciée des visiteurs.

- Je vais suivre votre conseil. Je vous remercie et peut-être nous y retrouverons-nous.

Il était donc arrivé la veille et avait loué une stalle dans l'écurie communale afin que son destrier se repose dans un endroit confortable. Il y avait dormi aussi dans la paille odorante. Litière propre, nourriture et eau fraîche, il confia sa monture au père Anselme chargé de la surveillance du lieu.

- Qu'il ne manque de rien, avait-il demandé au gardien en lui glissant un écu.

- Vous pouvez aller sans crainte, Mon Seigneur, je vais le bichonner, avait-il répondu.

Après une dernière caresse à Caramel, Lysandre s'en était allé, son luth en bandoulière. La ville était riche de belles demeures, de tavernes, d'échoppes colorées. Les estaminets avaient installé devant leurs portes tables et tabourets et proposaient des repas de fête, du vin, de l'Hypocras ou de l'Hydromel. C'était animé, joyeux, bariolé, vivant. Il flâna dans les rues, nez au vent, humant les odeurs de cuisine, présages de mets succulents. Il se dirigea vers le campement de la foire. Il se promena parmi les étals que leurs propriétaires avaient décorés avec un soin tout particulier afin d'attirer les acheteurs. Une lice clôturée avait été aménagée: il y avait une estrade où se produiraient les baladins, les artistes, les cracheurs de feu, les montreurs d'ours, les jongleurs ainsi que des poètes et des troubadours, des bancs pour les spectateurs. On avait placé à l'entrée une boîte métallique qui recevrait les piécettes du public, piécettes que se partageraient les saltimbanques. Le soir venu un orchestre occuperait à son tour l'estrade, les bancs seraient placés sur les côtés de l'enceinte et les habitants pourraient y danser jusqu'à l'aube. Lysandre, très satisfait de cette organisation, s'inscrivit pour sa participation aux festivités. Après avoir pris connaissance de son heure de passage, il s'assit à une table de la taverne la plus proche et commanda un tranchoir garni de viande et de légumes grillés, un morceau de fromage du Cantal, une part de tarte, le tout accompagné d'un pichet de vin de Loire. Son repas terminé, il se rapprocha de la lice. De nombreux spectateurs applaudissaient les prouesses d'un jongleur, s'émerveillant de son habileté à rattraper les anneaux ou les quilles qu'il lançait très haut. Lysandre aimait s'asseoir parmi eux et jauger les gens rassemblés en ce lieu. Il pouvait ainsi adapter son récit à l'ambiance du moment. Il examina les personnes autour de lui, espérant découvrir un croisé, un soldat mais aucun des hommes présents n'attira son attention. Un peu déçu il se rendit derrière l'estrade, ce serait bientôt à lui d'entrer en scène. Le crieur s'avança et d'un ton solennel annonça :

- Belles dames et beaux messieurs, voici venir à vous, Lysandre des Adrets, troubadour de son état. Il va ce jourd'hui vous conter une belle et triste histoire! A vous, Messire.

- Bien le bon jour à vous. Mon histoire est celle des amours d'une châtelaine et d'un manant, amours interdites, qui conduiront les amants à fuir vers d'autres lieux pour échapper à la colère d'un père autoritaire. Il s'installa sur un tabouret, accorda son luth et sa voix grave et harmonieuse s'éleva.

Aussitôt le silence se fit, l'assemblé déjà sous le charme. Lorsqu'il eut fini son hsitoire, les auditeurs restèrent un instant silencieux puis applaudirent à tout rompre. Il salua la foule et disparut derrière le rideau de scène tandis qu'un cracheur de feu faisait son entrée. Lysandre rangeait son instrument dans sa housse, se demandant pourquoi aujourd'hui il n'avait cité aucun nom, ni aucun lieu, se contentant d'utiliser d'autres mots. Quel instinct l'avait poussé à rendre son histoire anonyme ? Il en était là de ses réflexions quand soudain une voix s'éleva dans son dos.

– Excusez moi, Messire troubadour ! Pouvezvous m'accorder quelques instants ?

Cette phrase qu'il attendait depuis si longtemps résonnait enfin à ses oreilles. Il ignorait encore qui l'interpellait mais sans s'être retourné, il savait.

– Que puis-je faire pour vous, dit-il

Il fit face à son interlocuteur ne montrant aucune surprise juste un petit mouvement de recul mais qui passa inaperçu.

– Voudriez-vous répondre à quelques questions que j'aimerais vous poser ?

– Avec plaisir, si vous pensez que je peux le faire ! répondit le troubadour. Mais allons nous asseoir quelque part. Ce sera plus confortable et je vous avoue que j'ai grand faim.

Tout en parlant, il examinait l'homme face à lui. Assez grand de taille, il avait des cheveux tout blancs, des rides marquaient son visage, ses yeux semblaient éteints, ne reflétant aucun sentiment si ce n'est de la souffrance. Il portait des vêtements élimés, des braies rapiécées et s'appuyait sur des béquilles. Il lui parut épuisé, sans aucune énergie.

– Est-ce là Elzéar ? Le pauvre homme comme il a dû souffrir durant toutes ces années. Si c'est bien lui quelle sera la réaction d'Aubrée ? s'interrogeait-il mentalement.

Son interlocuteur le fixait comme si le reste de sa vie dépendait des réponses qu'il lui apporterait. Lysandre cala son luth sur son épaule.

– Je suis prêt. Installons nous à la „Taverne du Cochon de Lait ». On y mange très bien et nous y serons tranquilles pour bavarder. Ainsi je pourrai peut être répondre à vos questions.

- Je pense que vous le pourrez, affirma l'inconnu.

- Vous m'intriguez, répondit Lysandre, bien que persuadé d'avoir trouvé celui qu'il cherchait depuis si longtemps. Et lui qu'allait-il apprendre de cet être désemparé?

On était au printemps mais les soirées étaient encore fraîches dans cette région de montagnes. Il vit que l'homme frissonnait dans sa pelisse. Renonçant à s'installer à l'extérieur, il choisit une table tout près de la grande cheminée dans laquelle rôtissaient des volailles et un cochon de lait que des marmitons rieurs arrosaient avec application.

- Tous ces parfums me donnent faim, dit-il en s'asseyant.

- je vais attendre dehors pendant que vous vous restaurez. Nous parlerons ensuite

- Et pourquoi cela, demanda Lysandre. Dînez donc avec moi. Il fait si bon ici.

- Je ne peux pas me payer un tel repas, soupirat-il d'une voix presque inaudible.

– Alors, laissez-moi vous l'offrir. Prenez place, cela me fait plaisir. Hésitant, son invité s'assit.

La servante leur apporta deux grands tranchoirs de pain odorant, deux grandes assiettes de poulet rôti accompagné de différents légumes.

– Souhaitez-vous un pichet de vin ? interrogea-t-elle

– Volontiers ainsi que de l'eau.

Lysandre observait l'homme face à lui. Il dévorait des yeux la nourriture placée devant lui. Et si c'était bien Elzéar ?

– Puis-je vous poser une question, dit le troubadour.

– Bien sûr, répondit son invité

– Depuis combien de jours n'avez-vous pas fait un vrai repas ?

– Je ne sais plus! La plupart du temps, je me contente d'un peu de pain dur et d'un morceau de viande séchée ou d'un peu de fromage que m'offrent parfois des gens charitables.

Lysandre le sentait affamé mais trop fier pour se jeter sur cette nourriture savoureuse.

- Je vous souhaite bon appétit. Mangeons ! Ne laissons pas refroidir ce poulet.

Le repas se passa en silence, le jeune homme dévorant son tranchoir. Rassasié, il sourit enfin. Le troubadour était troublé et révolté. Comment Dieu pouvait-il abandonner ces soldats qui avaient combattu en terre étrangère pour sauver son royaume ?

- Me voilà bien repu, dit-il.

- Moi aussi et je vous suis reconnaissant de ce repas. Il y a longtemps, il est vrai, que je n'avais pas mangé un aussi bon poulet. Merci à vous.

- Venons-en à vos questions, dit Lysandre, coupant court à ses remerciements. Je vous écoute.

– Ma seule et unique question est : l'histoire que vous avez contée est-elle une histoire vraie ou l'avez-vous simplement imaginée ?

– Pourquoi cette unique interrogation ?

– Parce que votre récit ressemble beaucoup au mien ! Vous n'avez nommé ni les deux héros ni aucun des personnages, vous n'avez précisé aucun village, aucune région. Malgré tout il y a trop de ressemblance avec le mien pour qu'elle ne soit pas vraie.

– Voulez-vous m'en parler avant que je ne vous donne ma réponse ?

– Volontiers. Je m'appelle Elzéar. Je suis né dans le canton de Rodez, au village de BoisJoli ....

10*

ELZEAR RACONTE...

Lysandre fixait Elzéar. Son coeur battait très fort mais se serrait aussi. Une ombre de tristesse flottait dans ses yeux. Son sourire s'était fait moins large.

Depuis plusieurs mois, il courait les manifestations locales, les festivités dans les châteaux ou chez les bourgeois à sa recherche et il était enfin là, face à lui. Le jeune homme poursuivit son récit sans s'apercevoir du changement de son auditeur :

«... dans le village de BoisJoli. Mon père en était le forgeron dont j'apprenais le métier. Aubrée, la fille du châtelain, était mon amie depuis l'enfance. Un peu plus jeune que moi, j'avais pris l'habitude de la protéger des taquineries des autres enfants. En

grandissant, notre amitié est devenue de l'amour, un amour très fort qui inquiétait mon père. Il savait que ce sentiment pouvait conduire les amoureux à l'exil, au monastère, au couvent ou à la mort selon la volonté du Seigneur. Lorsque Aymeric de BoisJoli décida de la marier au Seigneur du Piton des Vents contre sa volonté, nous avons pris la décision de nous enfuir loin du village et organisé notre fuite dans le plus grand secret avec l'aide de Gaspard, son fidèle chaperon et de Guillaumette, sa nourrice. Une charrette serait dissimulée dans un endroit éloigné de la forêt et contiendrait tout ce dont nous aurions besoin pour rejoindre notre cachette loin du château. Nous devions nous y retrouver vers minuit, après le tournoi. J'avais préparé un sac avec quelques vêtements, prêt pour le départ. »

Elzéar s'arrêta semblant se retirer au fond de lui, cherchant une explication.

– Que s'est-il passé? interrogea Lysandre, rompant le silence qui venait de s'installer.

Semblant sortir d'un mauvais rêve, le jeune homme se secoua, chassant quelques vilaines ombres qui s'accrochaient à ses souvenirs.

– Pardonnez-moi, Messire, mais tout ceci est si difficile à raconter, dit -il

– Je vous comprends mais prenez votre temps. Je ne suis pas pressé et appelez-moi, Lysandre, voulez-vous ? Ce sera plus facile, moins cérémonieux.

– Avec plaisir, Lysandre. Je poursuis.

« *Pourquoi suis-je resté là, planté au milieu de la foule des spectateurs ? Je voulais sans doute m'assurer qu'aucun mal ne serait fait à ma douce amie lorsqu'elle refuserait cet époux qu'on voulait lui imposer. Connaissant la violence de son père, je craignais le pire. Je ne m'attendais pas à ce qu'elle crie mon nom, me désignant ainsi au seigneur et à sa colère. J'ai couru aussi vite que possible à travers le campement mais les soldats à cheval d'Amaury du Piton des Vents eurent tôt fait de me rattraper et de me conduire à leur chef, poings liés et les pieds entravés comme un animal. Du haut de son destrier, il me toisa et prononça sa sentence. Elle tomba comme un couperet, sans me couper la tête.*

– Pour l'injure faite à ma personne, je te condamne à vivre pour que chaque minute de ta vie te rappelle ta félonie envers ton Seigneur. Puis s'adressant à ses soldats : *Qu'on le conduise au château de mon ami, le Seigneur d'Albi. Il a pris la croix et s'en va rejoindre notre bon roi Louis. Quant à toi, je souhaite que tu y meurs, la tête tranchée par un mamelouk. Disparais de ma vue, manant.*

Être chassé de chez moi et condamné à suivre les croisés en Terre Sainte fut pour moi un châtiment terrible mais ne plus jamais revoir ma douce Aubrée en était un bien plus cruel que la plus horrible des morts.

Il arrêta de nouveau son récit et regarda le troubadour qui ne disait mot. Lysandre était maintenant convaincu que c'était bien Elzéar qu'il avait en face de lui. Son aventure collait point par point à celle qu'il contait.

– Que pensez-vous de mon histoire ? demanda ce dernier.

– C'est une bien triste narration que la vôtre et j'avoue qu'elle ressemble beaucoup à la mienne

– Vous pensez donc que votre damoiselle pourrait être ma douce Aubrée ?

– Cela se pourrait. Mais encore faut-il qu'elle puisse vous identifier de façon formelle. Avez-vous conservé par devers vous un objet quelconque qui serait une preuve irréfutable ?

– Ceci, dit Elzéar en sortant d'une poche de sa pelisse une chaîne au bout de laquelle pendait un médaillon. J'avais fabriqué un coeur en deux morceaux. En les réunissant, ils n'en formaient qu'un. Si votre damoiselle est mon Aubrée, elle possède l'autre moitié. Il lui donna le bijou. Montrez-le à la jeune fille. Mais avant cela et pour être honnête, je dois vous dire qu'il ne me reste que peu de temps à vivre et que vous devez aussi prendre ce détail en compte. Je ne veux pas être une charge pour elle ni lui infliger davantage de chagrin.. Mon désir est de la revoir une fois et lui dire...

Lysandre l'arrêta.

– D'accord. Je vais vous proposer de me suivre jusqu'au village près duquel elle vit. Vous m'y attendrez. Je lui expliquerai tout, y compris votre état de santé. Elle prendra seule sa décision. Vous sentez vous assez fort pour accomplir ce trajet ?

– A pied, cela me sera impossible.

– Je vais acheter un cheval pour vous. Pour ce soir, allons-nous reposer. Nous dormirons dans la stalle de Caramel, mon fidèle destrier.

– Cela va me changer. Habituellement je dors dans la rue.

Le coeur de Lysandre se serra de nouveau. Il l'imaginait traînant dans les ruelles à la recherche d'une porte cochère, d'un coin abrité du froid, de la neige, de la pluie. Quel triste sort pour ce garçon qui avait commis la faute inexcusable d'aimer, lui, le manant, la fille d'un châtelain.

– Peut être voudrez-vous me conter votre croisade ? demanda-t-il.

– Je vous promets de le faire en présence d'Aubrée s'il s'agit bien d'elle.

– Ne craignez-vous pas que votre récit soit difficile à entendre ? Qu'elle soit affectée par tout ce que vous avez souffert ? Qu'elle se sente coupable ?

– Non pas ! Je la sais forte. Il faut qu'elle sache.

* * * *

Lysandre et Elzéar voyageaient depuis deux jours, avançant lentement. Le jeune homme se fatiguait vite et avait parfois du mal à se tenir en selle. Ils faisaient souvent halte pour lui donner le temps de se reposer et de reprendre quelques forces. Lysandre mettait à profit ces moments de pose pour en apprendre un peu plus sur son compagnon de voyage. Parfois un doute l'envahissait :

– Et si cet homme était un imposteur, un soldat sans famille à qui Elzéar aurait confié des détails de sa vie ? Et s'il lui avait volé le médaillon et qu'il essaie maintenant de prendre sa place ? Ou alors peut être a-t-il été chargé par Elzéar de délivrer un message à Aubrée disant que son amour avait péri en Terre Sainte ?

Toutes ces interrogations trottaient dans sa tête sans trouver de réponse. Pourtant le récit écouté lui donnait à penser qu'il avait bien trouvé la bonne personne.

– Aubrée saura faire la différence, se disait-il. Pas d'impatience, attends.

Il était aussi très triste pensant que la belle damoiselle, en retrouvant son bel amour de jeunesse, oublierait l'affection qu'elle éprouvait pour lui. Il se secoua mentalement.

– Inutile d'anticiper, je saurai bien assez tôt si je dois reprendre ma vie errante et oublier à jamais cet endroit si paisible où je suis si heureux et cette belle jeune femme qui fait battre mon coeur.

Le jour déclinait lentement lorsque les deux cavaliers débouchèrent dans la clairière de la Dame aux Loups.

– Pourquoi nous arrêtons-nous ? demanda Elzéar ? Je croyais que nous devions dormir au village ?

– Nous sommes près de l'endroit où vit la demoiselle. Je vais aller les prévenir. Cela vous évitera un trajet supplémentaire.

Il aida son compagnon à descendre de cheval, l'enroula dans une couverture.

– Reposez-vous le temps pour moi de faire mon rapport à Aubrée et de lui demander l'autre partie du coeur.

Il terminait sa phrase lorsque Wolf et Walky surgirent dans son dos. Leurs jappements joyeux se transformèrent brusquement en grognements sourds, les babines retroussées sur leurs crocs, le poil hérissé. Ils venaient d'apercevoir Elzéar qui eut un mouvement de recul.

– Tout doux mes beaux ! C'est un ami. Il les caressa doucement pour les calmer. Ce sont les loups de Aubrée, vous n'avez rien à craindre, dit-il à au jeune homme.

Les loups s'apaisèrent et obéirent tout en restant sur la défensive.

– Je vais rejoindre les habitants des lieux. Reposez-vous, ce ne sera pas long. Venez là mes beaux, commanda-t-il aux animaux. Je vous confie Elzéar, vous allez rester là et veiller sur lui. Si quoi que ce soit se passe, Wolf tu viendras nous prévenir.

Un jappement lui répondit et les deux loups s'allongèrent dans l'herbe près d'Elzéar, moins agressifs mais attentifs. Lysandre se remit en selle et pénétra dans l'enclos.

11*

LES RETROUVAILLES

Elzéar s'allongea dans l'herbe, les loups l'observaient de leurs regards bleus, vigilants et attentifs. Il était extrêmement fatigué mais heureux d'avoir pu faire ce long voyage. Allait-il enfin retrouver son tendre amour ? L'avait-elle oublié ?

L'aimait-elle encore après toutes ces années d'absence ? Toutes ces questions l'angoissaient. Épuisé, il s'assoupit. Une caresse le tira des limbes du sommeil dans lesquelles il voguait.

– Elzéar ! Une voix douce murmurait son nom. Il l'entendait si souvent dans ses rêves qu'il garda ses paupières closes. Pourtant cette voix insistait.

– Elzéar, réveille-toi ! C'est moi, Aubrée
Réveille-toi.

Il ouvrit prudemment les yeux craignant de voir
disparaître celle qui chuchotait son nom, comme
cela lui arrivait si souvent. Non, elle était bien là,
penchée sur lui. Il reconnut aussitôt la
flamboyance de sa chevelure, l'émeraude de ses
yeux

> – Aubrée, ma douce ! soupira-t-il dans un
> souffle. C'est toi ?

> – C'est moi ! Regarde ! Elle tenait dans ses
> mains le coeur reconstitué, ce coeur qu'il
> avait fabriqué avec tant d'amour.

> – Gaspard ! Lysandre ! demanda-t-elle, aidez-le
> à se remettre en selle et rentrons à la maison.
> Il fera bientôt nuit noire.

Les deux hommes l'installèrent sur sa monture et
la petite troupe s'engagea dans l'enclos suivie par
les loups surveillant leurs arrières. Dans la
chaumière, Guillaumette et Quentin s'affairaient.
Ils préparaient pour l'invité surprise, la chambre du

garçon qui dormirait avec sa mère. Pendant qu'ils faisaient le lit, Quentin s'arrêta soudain.

- Manou, est-ce-que je peux te poser une question ? demanda-t-il

- Tu es bien sérieux tout à coup, répondit la nourrice. Que veux-tu savoir ?

- Cet homme que Lysandre ramène avec lui, est-ce Elzéar, mon père ?

- Oui, mon chéri. Elle était troublée par cette question. Il semble en effet qu'il l'ait retrouvé, reprit-elle. Cependant ta maman ne lui dira pas ce soir qu'il a un fils merveilleux.

- Pourquoi cette attente si elle est sûre que c'est lui ?

- Parce qu'elle veut en avoir toutes les certitudes en évoquant des souvenirs qu'eux seuls peuvent connaître. Imagine qu'au final, ce soit un imposteur. Tu serais déçu et très triste.

- Je pense qu'elle à raison. Cela fait si longtemps que je rêve de le rencontrer, ce serait pour moi une immense souffrance.

– C'est bien, mon grand. Continuons.

Ils terminèrent la chambre, mirent de l'eau à chauffer et allumèrent un feu dans la salle d'eau. Sans aucun doute, Elzéar apprécierait un bon bain chaud. Manou avait installé sur le dos d'une chaise, des vêtements propres empruntés à Gaspard : une longue chemise en toile pour dormir, un caleçon et une paire de poulaines.

– Manou, ils arrivent, dit Quentin qui les guettait.

Guillaumette tremblait d'émotion. Elle fixa l'homme face à elle, sondant son regard. Puis bouleversée, elle le serra dans ses bras, les larmes coulaient sans qu'elle songe à les essuyer.

– Mon petit, mon pauvre petit ! Si c'est pas malheureux ! Mais tu vas voir, on va te faire oublier tout ça. Entre vite !

Ils entrèrent dans la grande salle et elle installa Elzéar dans un fauteuil puis s'adressant à Aubrée :

– Quentin et moi lui avons préparé la chambre mais aussi un bain. Puis se tourant vers le jeune homme : Tu vas pouvoir te détendre avant de déguster un bon repas, dit-elle Mon Dieu, quel malheur ! Ce que tu es maigre...

- Manou, laisse-le tranquille, il est épuisé. Gaspard va s'occuper de lui. Préparons le repas - Aubrée coupait court à la verve de sa nourrice, à ses lamentations. - Elzéar a grand besoin de se reposer.

Sous prétexte de conduire les chevaux dans la pâture, Lysandre s'était éclipsé, les laissant à leurs retrouvailles. Gaspard s'occupa du jeune homme, l'aidant à se plonger dans la douce chaleur du bain préparé.

- Comme c'est bon de vous revoir tous, dit-il. Que toutes ces années m'ont paru longues. Je ne croyais jamais revenir et encore moins vous revoir. Si tu savais...

- Ne dis rien. Pour ce soir, profite de ces moments magnifiques, puis repose-toi. Tu auras ensuite tout le temps qu'il faut pour raconter ton histoire. Montre-moi ta figure que je taille un peu cette barbe.

Elzéar se détendit enfin et se laissa faire comme un petit enfant. Des larmes s'accumulaient sous ses paupières.

- Tu as raison, il sera temps demain que je vous dise tout.

Lorsqu'ils revinrent dans la salle, la table du repas était dressée.

- Où est passé Lysandre ? s'enquit Quentin.

- Il a conduit les chevaux dans le pré. Va donc lui demander de venir, le repas est servi, ordonna Manou. Puis regardant Elzéar : Ah, te voilà un peu plus présentable, dit-elle en riant.

Sur la table, dans une grande soupière fumait une odorante potée garnie de légumes fondants, de belles pommes de terre et d'un chou.

- J'ai ajouté un gros morceau de lard, annonça Guillaumette

Elle avait aussi sorti un pâté de lapin, du fromage, de la confiture et des sablés confectionnés le matin. Deux miches de pain à la croûte dorée en occupaient le centre. Elzéar regardait avec étonnement cette table si belle.

- Vous me gâtez, dame Guillaumette. il y a longtemps que je ne me suis pas senti si bien. Merci, merci !

- Cesse de me dire merci ! Mange, régale-toi ! Et puis appelle-moi juste Guillaumette comme lorsque tu étais petit et que tu jouais avec mes garçons.

- C'est vrai. Et où sont-ils maintenant ?

- Ils ont quitté le village depuis longtemps. Colas s'est rendu à Marseille, il voulait devenir marin et voyager sur les mers. Renaud, lui, est monté à Paris. Il était menuisier et avait envie de voir la grande ville. Je ne sais pas ce qu'ils sont devenus.

- Comme c'est triste ! dit Elzéar

- Oui mais j'ai trouvé auprès de ces trois là, elle désigna Aubrée, Quentin et Gaspard, une tendre amitié et beaucoup d'amour qui me permettent de moins souffrir de leur absence. Mais assez parlé de moi. Viens t'asseoir ici.

Elle lui avait réservé la place d'honneur en bout de table, entouré d'Aubrée et de Quentin qui revenait avec Lysandre. Tous deux riaient gaiement. Elzéar les observa un moment.

    – Quel bel enfant, dit-t-il. Qui est-il ?

   - Il avait été décidé de ne parler de l'enfant qu'après une bonne nuit de repos pour le jeune homme. Il est fragile et fatigué, n'allons pas lui occasionner plus d'émotions. C'est assez pour aujourd'hui.

    – C'est une sage décision. Laissons le savourer ces instants.

    – C'est mon fils, répondit Aubrée

Elzéar la fixa un moment attendant une explication qui ne vint pas .

    – Allons, mettons nous à table.

Quentin, placé à la droite de son père, l'observait avec une attention toute particulière. Il était maintenant convaincu d'avoir à ses côtés celui dont sa maman lui parlait si souvent. Il en avait fait son héros, son chevalier à l'armure étincelante, monté sur son destrier somptueusement caparaçonné. Soncoeur d'enfant battait très fort.

- C'est mon papa, mon papa ! Cette petite musique tournait dans sa tête.

Son admiration brillait dans ses yeux noirs piquctés d'étoiles.

- Messire Elzéar ! interrogea-t-il, puis-je vous poser une question ?

- Bien sûr, Quentin. Mais, voudrais-tu m'appeler Elzéar ?

- Je veux bien, dit Quentin en regardant sa mère qui approuva d'un léger signe de tête. Nous raconterez-vous votre croisade?

- Je le ferai, je te le promets. Mais penses-tu que tu pourras entendre le récit des terribles épreuves que j'ai traversées ?

- Je suis fort maintenant, vous savez, dit Quentin en se redressant fièrement du haut de ses sept ans.

Son attitude amena un sourire sur les lèvres d'Elzéar. Il ébouriffa la chevelure dorée de l'enfant laissant sa main caresser doucement sa joue.

- Pourras-tu attendre jusqu'à demain ?

- Quentin ! Laisse notre invité tranquille. Il est fatigué, dit sa mère

- Pardon, Messire, je suis trop impatient.

- Ne t'inquiète pas, ça va aller. Et promis demain tu sauras tout. Il se leva de son fauteuil. Permettez que je me retire. La journée a été longue et chargée en émotion.

Après avoir remercié à nouveau ses hôtes et de les avoir salués, le jeune homme se retira dans la chambre préparée à son intention. Depuis combien de temps n'avait-il pas dormi dans un vrai lit ? Il se glissa avec délice dans des draps frais et parfumés recouverts d'une courte-pointe légère et chaude pour le protéger de la fraîcheur de la nuit. Il ne put s'endormir tout de suite, trop de bouleversements dans sa vie misérable s'étaient produits depuis qu'il avait rencontré Lysandre. Il resta éveillé écoutant les bruits de la maison. Peu à peu le silence se fit, chacun ayant regagné sa chambre. Alors seulement il se laissa sombrer dans le sommeil, rassuré de pouvoir dormir sans craindre d'être agressé par un autre aussi malheureux que lui.

12*

PERE ET FILS

Elzéar sortait lentement de son sommeil, les narines titillées par la bonne odeur du pain qui cuisait. Pour la première fois depuis de longs mois, il avait dormi sans qu'aucun cauchemar ne vienne agacer ses rêves. Il ouvrit les yeux et regarda autour de lui. Que faisait-il dans cette chambre, dans ce lit ? Etait-il à l'Hôtel Dieu que le bon roi Louis IX avait fait construit pour tous les croisés revenus malades de Terre Sainte ? Un moment de panique l'agita puis tous les événements de la veille lui revinrent à l'esprit. La rencontre avec son aimée, l'accueil de Guillaumette et Gaspard, toutes leurs attentions pour qu'il se sente à l'aise, ce repas de fête et puis... et puis ce bel enfant qui avait éveillé en lui un élan qu'il ne parvenait pas à expliquer. Il en était là de ses réflexions lorsqu'on gratta timidement à sa porte. Une petite voix s'éleva

- Messire Elzéar ! Êtes-vous réveillé ? Maman vous fait dire que le repas est servi.

Le jeune homme ouvrit la porte, Quentin se tenait devant lui et le fixait de ses yeux de nuit.

- Bonjour ! lui dit-il. Avez-vous bien dormi ?

- Bonjour Quentin ! Très bien, merci.

- Maman vous attend dans la cuisine

- J'arrive, le temps de me vêtir.

- A tout de suite, répondit l'enfant en s'éloignant sous le regard toujours interrogatif d'Ezéar.

De nouveau il se posait des questions sur Quentin. Il enfila sa chemise de toile et rejoignit Aubrée. Elle avait placé sur la table du pain tout doré et sortantdu four, un bol pour la soupe.

- Bonjour Aubrée ! Où sont les autres ? demanda-t-il en ne voyant qu'un seul couvert.

- Ils sont allés au village faire quelques emplettes et t'acheter d'autres vêtements, les tiens sont de vraies loques.

Elle posa la soupière devant lui ainsi que le reste de lard de la veille.

- Installe-toi et mange ce qui te fait envie.

- Merci à toi. J'ai perdu l'habitude de repas aussi copieux

- Prends ton temps. Rien ne presse.

- Ma douce, comme c'est bon de te revoir enfin, d'être dans un lieu calme et sûr. Cela fait des semaines que j'erre de village en village.

Il coupa une tranche de pain qu'il mit au fond de son écuelle, la recouvrit de légumes et de bouillon chauds puis trancha un petit morceau de lard. Aubrée et Quentin assis en face de lui le regardaient sans mot dire.

- Je dois t'avouer aussi que je voulais être seule avec toi un moment. J'ai quelque chose d'important à te dire.

Intrigué, Elzéar leva la tête. Appuyé contre sa mère, Quentin le dévorait des yeux.

- Tu te souviens m'avoir demandé hier soir qui était cet enfant, lui dit-elle. Elle avait passé ses bras autour du garçon.

- Oui ! Et tu m'as répondu « c'est mon fils », dit-il en souriant.

- J'aurais dû te dire : « c'est Notre fils » ! Tu es son père !

- Que dis-tu ? Quentin est mon fils ?

Elzéar l'écoutait, cuillère suspendue entre son assiette et sa bouche. Il la posa si lourdement que la soupe éclaboussa sa chemise et la table. Il regardait Aubrée puis Quentin, allant de l'un à l'autre, incrédule.

- Oui, nous avons un fils. Il a sept ans. Elzéar je te présente ton fils, Quentin je te présente ton père.

- Moi, un fils ?

Il répétait ce mot comme si son cerveau ne pouvait l'enregistrer, un mot inconnu dont la signification lui échappait

– Mais comment est-ce possible ?

L'enfant qui était au courant depuis la veille, semblait tétanisé. La réaction du jeune homme lui paraissait étrange. Il n'avait pas bougé de son banc, ne l'avait pas pris dans ses bras pour l'embrasser. Il observait cet homme dont le visage avait changé. De calme, reposé, il était devenu blême, crispé par cette annonce. Que signifiait cette attitude ? Ne voulait-il pas de lui comme fils ? Angoissé, Quentin se demandait ce qui se passait. Ce père tant espéré allait-il le rejeter ? Son coeur d'enfant se serra et des larmes montèrent à ses yeux. Il se blottit tout contre sa mère. Elle s'adressait à son hôte.

– Te souviens-tu de notre ballade dans la forêt de BoisJoli, la veille du tournoi?

– Si je m'en souviens ? Je n'en ai pas oublié une seule seconde. Comment crois-tu que j'aie pu trouver la force de ne pas mourir durant toutes ces années de guerre ?

- Eh bien ! Tu as en cet enfant le cadeau d'adieu que tu m'as offert, ce jour là.

Au comble de l'émotion, il restait sans prononcer une seule parole. Il fixait maintenant Quentin puis se levant d'un bond, il se mit à genoux. Les mains jointes, les yeux levés vers le ciel, murmura

- Seigneur, merci de m'avoir accordé la joie de ce moment. J'ai lutté pour Toi en Terre Sainte, je te demande de me laisser un peu de temps, juste assez de temps pour connaître ce merveilleux enfant qui m'est donné, juste un peu de temps pour nous découvrir, nous aimer, nous fabriquer des souvenirs. Après je serai prêt à te rejoindre. Merci, Mon Dieu !»

Il se signa et, toujours à genoux, se tourna vers Aubrée et Quentin qui n'avaient pas bougé, attendant ce qui allait se passer. Il ouvrit grand les bras en disant :

- Viens, mon fils !

Il y avait dans sa voix tout ce qu'un père peut exprimer à son enfant : la joie, la fierté, l'émotion et tout l'amour qu'il éprouvait. Quentin s'y réfugia, nichant sa tête contre la poitrine de son père. Ils se mirent à pleurer tous les deux.

- Mon fils ! Mon fils ! répétait Elzéar

- Mon papa ! Mon papa ! disait Quentin en écho.

Le jeune homme serrait fort ce petit corps tout doux contre lui, l'enfant avait passé ses bras autour de son cou. De son banc, Aubrée regardait cette scène si tendre, si forte qu'elle pensait de jamais voir se réaliser.

S'en suivirent des moments à eux deux. Ils s'en allaient pour une promenade en forêt mais le plus souvent, ils s'asseyaient dans le jardin à l'ombre du noyer. Ils passaient des heures à se découvrir. Une incroyable complicité s'était aussitôt installée entre le père et le fils. Quentin lui avait raconté sa vie dans ce lieu avec les trois personnes qui formaient son univers et les loups qu'il aimait et qui l'aimaient aussi, veillant sur lui, le protégeant. Le garçon lui expliqua ce que lui enseignait sa mère mais aussi tout ce qu'elle lui avait appris sur lui, son père. De son côté, Elzéar lui fit le récit de son enfance et de son adolescence au village de BoisJoli. Il lui parla de sa mère, disparue pendant une épidémie de grippe, durant un hiver si froid que l'on trouvait des petits oiseaux morts au bord des chemins. Mais surtout il évoqua son père, « ton grand père », lui dit-il.

„ C'était le forgeron du village avec qui il apprenait le métier. Il décrivit les gestes précis qu'il fallait connaître pour battre le fer tant qu'il est chaud, la façon de manier le soufflet au-dessus du foyer pour activer les braises, faire rougir l'objet pour le rendre malléable et plus facile à travailler."

Quentin l'écoutait, fasciné, passionné, buvant ses paroles, posant des questions intéressantes. Mais il restait vigilant. Il savait reconnaître quand son père était trop fatigué pour continuer et qu'il était temps de rentrer.

* * * *

Réveillée par un léger bruit en provenance de la pâture, Aubrée se leva en silence pour ne pas éveiller Quentin qui dormait près d'elle. Elle sortit sur le pas de la porte.

Dans la clarté du jour qui naissait, elle aperçut Lysandre sellant son Caramel.

– Messire Lysandre ! Que faîtes-vous ? chuchota-t-elle. Vous nous quittez ?

– Pardonnez-moi, Belle dame, d'avoir interrompu votre sommeil.

– C'est sans importance, répondit-elle. Vous partiez sans rien me dire, sans un mot ?

– Bien sûr que non ! Je ne m'enfuyais pas comme un voleur ! Je vous ai laissé un mot sur la table de la cuisine qui vous explique ma décision.

– Mais pourquoi vous en aller?

– Je sens qu'il le faut afin que vous vous retrouviez tous les cinq sans une personne étrangère à votre histoire. Vous devez combler ce vide de sept années. Je crains de gêner ce travail de mémoire surtout pour vous.

– Et pourquoi pour moi ? demanda-t-elle. Elle posait la question bien que pressentant déjà une partie de la réponse

- Belle Aubrée, vous connaissez mes sentiments pour vous et ceux que vous ressentez pour moi. Ma présence vous perturbe, je le sens bien.

- C'est exact, Lysandre. Je suis troublée, me demandant sans cesse ce qu'est devenu l'affection que j'éprouvais pour Elzéar. Je suis encore attachée à lui mais est-ce encore de l'amour ou juste de la tendresse ? Le pire serait que ce ne soit que de la pitié.

- Vous voyez bien que ma compagnie vous gêne et vous empêche de faire le point en toute tranquillité. Il est temps que je m'éloigne.

- Serez-vous parti longtemps ? murmura-t-elle, la voix remplie de tristesse.

- Non, ma douce ! Deux ou trois jours tout au plus. Il saisit ses mains et y déposa un baiser.

- Allez et revenez-moi vite.

Lysandre s'installa sur le dos de Caramel. Ils enlacèrent leurs mains, se séparant doucement, prolongeant la caresse jusqu'au bout des doigts.

Aubrée le regarda s'éloigner et disparaître au fond de l'enclos accompagné de Wolf et Walky. Elle entra dans la cuisine, s'assit à la grande table et ouvrit la missive laissée par le troubadour. Elle la lut et demeura un long moment à penser, à réfléchir à ce qu'elle ressentait. Elle ne devait plus occulter cette part d'elle-même et accepter ses sentiments. Elle avait aimé Elzéar d'un amour d'adolescente profond et sincère. Avec l'âge et l'expérience qu'elle avait maintenant de la vie, elle comprenait que cet amour n'avait été qu'une amitié transformée en tendresse avec le temps. L'arrivée de Lysandre dans son existence avait éveillé en elle des émotions tellement différentes : l'attente de son retour, le coeur qui bat si fort quand il arrive qu'on a l'impression qu'il va s'échapper de sa poitrine, les regards qui se cherchent, les mains qui se touchent, un long moment enlacées et tous ses instants de silence où les âmes se comprennent sans un mot. Ce sentiment là, s'il restait discret, inavoué, n'avait aucun rapport avec celui éprouvé pour Elzéar. La gorge qui se noue, les papillons qui vous butinent le ventre, ce désir qui monte, cette envie qu'il la prenne dans ses bras et qu'il l'embrasse, c'était cela l'amour, l'amour passion, l'amour frisson, l'Amour tout court. Elle était amoureuse de Lysandre. Il lui fallait se confier à Elzéar et elle décida de le faire dès qu'il serait levé. Le ciel pâlissait, la nuit s'achevait. La maisonnée commençait à s'animer. Guillaumette et Gaspard étaient sortis nourrir les animaux, Quentin arrivait les yeux encore embrumés de sommeil. Il s'inquiéta de l'absence de Lysandre et fut triste d'apprendre qu'il était parti pour quelques jours et sans lui dire au revoir

- C'est de ma faute, dit-il chagriné. Je l'ai délaissé depuis que mon papa est là.

- Mais non, expliqua sa mère. C'est justement pour que nous nous retrouvions en famille qu'il a accepté d'aller chanter à la foire de Brioude. Il sera de retour dans deux ou trois jours. Te voilà rassuré ?

- Oui, Mère ! Avez-vous vu mon père ce matin ?

– Non et c'est étonnant ! Il est déjà tard. Va
donc voir s'il est réveillé pendant que je
prépare son repas.

Lorsqu'il frappa à la porte de la chambre, Elzéar
l'invita à entrer d'une voix presque inaudible. Le
jeune homme était dans son lit.

– Bonjour père ! Avez-vous bien dormi ?
demanda Quentin qui regardait d'un air
inquiet son papa allongé. Maman vous fait
dire qu'elle a préparé votre repas.

– Bonjour mon fils ! Non, mon sommeil a été
très agité ! Je suis fatigué, sans force pour me
lever. Veux-tu demander à Maman de venir,
j'ai besoin de lui parler.

L'enfant détala, de plus en plus anxieux

– Venez vite, Mère ! Père n'est pas bien. Il est
resté couché et me semble très fatigué.

En pénétrant dans la pièce, Aubrée remarqua
aussitôt l'extrême pâleur d'Elzéar, les cernes sous
ses yeux et sa difficulté à respirer.

– Que se passe-t-il ! demanda-telle

– Je dois te confier une chose très importante. Se tournant vers son fils, Mon chéri, tu veux bien sortir ? Je dois parler seul avec ta maman.

Quentin quitta la chambre mais resta près de la porte. Il les entendait chuchoter, sans comprendre ce qu'ils disaient. La jeune femme sortit à son tour en recommandant à Elzéar de ne pas quitter le lit, de rester bien au chaud.

– Je vais te faire une tisane qui va te soulager et tu pourras dormir tranquillement.

– Merci, ma douce !

Dans la cuisine, elle sortit les pots où elle plaçait ses simples, ses herbes médicinales. Elle prépara une première boisson à base de bourrache et d'hysope qui calmerait ses douleurs et la fit porter par Quentin

– Qu'il boive tout le contenu de la tasse, demanda-t-elle.

- Je vais y veiller, Mère, assura -t-il

Aubrée confectionna une infusion à base de saule blanc et de reine des près pour ses poumons, puis ce fut de la digitaline pourpre pour soulager son coeur. Elle lui en ferait boire plusieurs fois dans la journée. Puis elle prépara une écuelle dans laquelle elle versa du bouillon de légumes.

- Je le lui ferai boire, qu'au moins il avale autre chose que mes infusions.

Après deux jours de soin, Elzéar qui avait retrouvé quelques forces put se lever. Le père et le fils reprirent leurs longues conversations dans l'ombre agréable du noyer. Mais une grande inquiétude occupait l'esprit de chacun. Il toussait de plus en plus souvent, de longues quintes qui le laissaient épuisé et son coeur en souffrance. Les tisanes d'Aubrée le calmaient pour quelques heures. Un matin, comme ils se promenaient dans le jardin, Elzéar invita Quentin à s'asseoir près de lui à l'ombre protectrice de l'arbre.

- Mon fils, dit-il, il faut que je dise quelque chose de très important.

- Je t'écoute, père !

- Comme tu peux le constater, je suis très malade et depuis fort longtemps. Bientôt il me faudra partir.

- Partir ? s'exclama Quentin. Nous venons juste de nous rencontrer et tu veux déjà repartir ?

Il s'était levé d'un bond et fixait son père, de l'incompréhension dans son regard.

- Pourquoi ? Tu n'es pas bien ici, avec nous ?

- Mon enfant, je ne vais m'en aller de nouveau sur les routes, je vais m'en aller au ciel, je vais mourir.

- Tu vas mourir ? Mais non, tu ne peux pas. Maman va te guérir, j'en suis sûr. Tu vas mieux depuis que tu prends ses tisanes. Il pleurait.

- Ne pleure pas mon ange. Oui, je vais mourir, mais nous aurons eu le bonheur immense de nous connaître, de partager des moments merveilleux.

– Mais moi je ne veux pas que tu meures. *Il se jeta contre son père, nouant ses petits bras autour de son cou.* Je suis encore trop petit, j'ai besoin de mon papa pour grandir, pour devenir un homme !

Elzéar pressa contre lui ce petit être secoué de sanglots. Son coeur se serrait devant la détresse de son enfant. Comment faire pour soulager cette souffrance ?

– Je le sais bien mais nous n'y pouvons rien. Pense que nous avons eu l'immense chance de nous rencontrer. J'aurais pu mourir mille fois au combat et ne jamais revenir. Je pouvais mourir de cette maladie qui me ronge depuis si longtemps. Mais pourtant tu vois, je suis là. Je ne connaissais pas ton existence, je voulais juste retrouver ta maman avant de disparaître. Et Dieu m'a donné un bonheur supplémentaire, un cadeau merveilleux, toi, mon enfant.

– Mais si c'est pour nous séparer maintenant, à quoi cela aura-t-il servi, sinon nous faire de la peine ?

– Nous avons eu cette chance extraordinaire de nous rencontrer, d'apprendre à nous connaître, à nous aimer. Nous nous sommes fabriqué des souvenirs. Tu les garderas pour toujours dans ton coeur, dans un coin de ta mémoire. Tu sauras qui était ton père, à quoi il ressemblait. Beaucoup d'enfants non pas cette chance, tu sais.

Toujours blotti contre son père, la tête dans son cou, Quentin pleurait toujours, déchirants sanglots

– Sois fort, mon Quentin. Tu as autour de toi des gens qui t'aiment et qui me connaissent depuis longtemps. Ils pourront continuer à te parler de moi. Et puis, tu as aussi Lysandre qui t'aime profondément comme on aime un fils. Je sais que je peux partir tranquille, il veillera sur toi et te permettra de devenir un homme. Et puis je ne vais pas mourir demain. Nous avons encore un peu de temps devant nous.

Peu à peu l'enfant se calma. Elzéar essuya son visage baigné de larmes.

– Rentrons, dit-il. Rejoignons nos amis.

13*

LA CROISADE D'ELZEAR

Comme ils arrivaient sur le perron, les deux loups déboulèrent de l'arrière de la maison avec des aboiements joyeux. Aubrée apparut sur le seuil, venant à la rencontre d'Elzéar.

– Que leur arrive-t-il ? demanda le jeune homme, surpris par cette agitation joyeuse.

– Je pense que Lysandre arrive ! Ils le flairent dès qu'il est dans la Clairière aux Oiseaux et sont tout excités.

– S'il te plaît, Maman, puis-je les accompagner ? dit Quentin qui avait lâché la main de son père

– Allez ! Filez tous les trois ! accepta Aubrée avec un grand sourire. Soyez prudents !

Elzéar l'observait sans un mot. Au seul nom de Lysandre son visage s'était illuminé, ses yeux brillaient. Il la sentait heureuse de ce retour. Même Quentin avait oublié son chagrin pour courir à sa rencontre.

- Me voilà rassuré, pensa-t-il. Je sais que mes deux amours seront bien protégés. Je vais pouvoir m'en aller sereinement. Merci Seigneur.

- Rentrons, dit Aubrée ! Tu seras mieux à l'intérieur.

Ils s'installèrent à la grande table, Aubrée lui servit sa tisane apaisante et lui demanda comment Quentin avait pris l'annonce de sa maladie et de son issue fatale.

- Cela a été pour lui un choc terrible. Il s'est révolté, a beaucoup pleuré refusant cette fin annoncée. Puis il s'est calmé. C'est un enfant merveilleux et sensible. Je suis si heureux d'avoir pu le connaître.

- Oui, il est extraordinaire, gentil, attentionné, poli. Notre fils est aussi un garçon très intelligent. Cette épreuve quand elle surviendra, le rendra encore plus fort. C'est bien de lui avoir tout dit.

Ils restèrent silencieux.

- Comment te sens-tu ? s'enquit Aubrée

- Je suis mieux quand je bois tes tisanes mais l'effet disparaît de plus en plus vite au fil des jours. Mon coeur se fatigue beaucoup et la toux brûle terriblement mes poumons. Je n'ai plus beaucoup de temps à vivre, ma douce.

- Comme je suis triste. Te retrouver pour te perdre aussitôt. Dieu ne nous aura pas épargnés. Qu'allons-nous devenir Quentin et moi ?

Il lui prit les mains et les serra dans les siennes.

- Mon tendre amour, vous avez vécu sans moi depuis tant d'années ! Vous continuerez !

- Nous vivions avec l'espoir de te revoir, d'être avec toi.

– Vous vivrez avec les souvenirs que nous nous fabriquons et heureux de m'avoir retrouvé. Tu referas ta vie avec quelqu'un d'autre.

– Je ne sais pas si je le pourrai !

– Tu le pourras ! J'ai remarqué que Lysandre était pour toi bien plus qu'un simple ami. Lui t'aime profondément, cela se voit et toi tu éprouves pour lui des sentiments que tu n'oses pas montrer. Tu voulais m'être fidèle. Tu es libre maintenant de commencer cette autre partie de ta vie.

Aubrée allait répondre lorsque Quentin surgit dans la pièce et vint se blottir contre son père.

– Pardon, père, de t'avoir laissé mais j'étais si content de retrouver Lysandre.

– Tu sais, je peux le comprendre. Pendant des mois, il s'est occupé de toi. C'est normal d'avoir de l'affection pour lui. Si vous le permettez je vais aller me reposer un moment. Saluez le troubadour pour moi. Je le verrai au dîner.

En plus de la bonne soupe du soir, Guillaumette avait préparé un poulet qui rôtissait sur le tournebroche de la cheminée. La bonne odeur du pain fraîchement cuit embaumait la cuisine. Le repas se déroula dans la bonne humeur. Elzéar semblait plus détendu. Lysandre rapportait quelques nouvelles de la ville et aussi quelques récits cocasses. Soudain, Quentin se leva et s'approchant de son père, demanda :

- Père, tu avais promis de nous raconter ta croisade, peux-tu le faire ce soir, si tu n'es pas trop fatigué ?

- Pourquoi pas, si chacun en est d'accord !

- Nous sommes d'accord ! dirent les autres. Installons nous devant l'âtre.

Guillaumette avait couvert les braises de cendre, n'en conservant qu'un petit tas qui servirait à rallumer le foyer le lendemain matin. Il faisait bon en cette fin de journée, la veillée commença.

- Vous connaissez tous le début de l'histoire, le tournoi pour marier Aubrée, mon arrestation par le Seigneur du Piton des Vents et la fuite de la jeune châtelaine en compagnie de Guillaumette et Gaspard. Tout ceci pour vous expliquer la suite.

„ *Arrêté par les soldats du seigneur, ils me conduisirent chez son ami, le Comte d'Albi qui, à son tour, me confia à ses soldats et me fit mettre au cachot. Une cellule humide et froide, éclairée par une meurtrière si étroite qu'un minuscule rai de lumière y pénétrait avec difficulté. Je dormais sur de la paille, à même le sol avec une maigre couverture.*

- Quelle tristesse, murmura Guillaumette

- Et vous ne sortiez jamais ? interrogea Lysandre.

Au début, il arrivait que l'on m'en extraie mais pour travailler. Apprenant que j'étais forgeron, on me demanda de ferrer les chevaux

- Vous n'avez jamais essayé de vous échapper ?

- *Non ! Impossible même de l'envisager. J'étais sous la garde de deux soldats. Le forgeron me prit en amitié et réclama ma présence tous les jours. Cela me permit d'avoir un vrai repas chaud. Le soir, ce n'était qu'un morceau de pain dur, parfois un morceau de viande séchée et un broc d'eau. Je m'enroulais dans ma couverture et m'endormais en boule sur ma paillasse. Je m'évadais dans ce rêve que je faisais à chaque coucher et qui me maintenait en vie. Toutes les nuits je revivais nos moments si merveilleux, dit-il en s'adressant à Aubrée. Nos promenades en forêt, nos longues discussions, nos projets d'avenir, notre amour si pur, si profond.*

Il s'arrêta un moment comme s'il revivait ce songe. L'assistance le laissa se souvenir en silence. La jeune femme avait des larmes au bord des yeux.

– Cette situation durera jusqu'à notre départ pour Aigues Mortes où le roi avait fait construire un port artificiel. Nous embarquâmes le 25 août 1248. Les galères avaient de jolis noms comme - la Demoiselle, la Reine ou la Montjoie. Les chevaux avaient été installés dans les cales des bateaux. Les pauvres bêtes souffrirent beaucoup de ce voyage. Toujours immobiles, ils perdaient de leur solidité, certains moururent. Heureusement nous ne traversâmes aucun orage et la mer fut assez calme. Après un mois de navigation nous accostâmes à Chypre le 17 septembre 1248. Nous passâmes l'hiver dans cette île accueillante.

De nouveau Elzéar arrêta son récit. Tous ces souvenirs qui revenaient à la surface, c'était trop dur par moment. Il lui fallait marquer un temps de repos pour pouvoir continuer.

- Es-tu sûr que ça va ? s'inquiéta Quentin

- Oui, je vais bien. Mais c'est douloureux de se remémorer tout ce que j'ai vécu sur cette terre que l'on dit Sainte.

Guilaumette en profita pour servir à tous une tisane de tilleul, bien chaude et sucrée au miel acheté au marché du village

- Buvez, cela fera du bien à tout le monde, dit-elle en tendant un caleron à chacun.

Le temps de la dégustation permit à Elzéar de reprendre un peu d'énergie et le cours de son histoire.

- *L'expédition partit pour l'Egypte. Après quelques victoires sur l'ennemi, notre Roi se trouva devant Mansoura. Cette bataille fut terrible. La ville difficile à conquérir, devait nous ouvrir la route du Caire. C'est là que je fus blessé ou plutôt brûlé. Le Roi essayait de construire un barrage pour refouler les eaux du canal vers le Nil. Les soldats égyptiens traversaient et massacraient nos combattants isolés. On éleva des tours et un mur de protection. C'est alors que nos adversaires aspergèrent nos catapultes de naphte enflammé qui incendiait et tuait les soldats. C'est à ce moment que je fus pris dans un feu. Je respirai les vapeurs brûlantes et mes poumons furent en partie dévorés par cette chaleur intense.*

Comme pour appuyer son récit, une violente quinte de toux l'obligea à s'arrêter. Il reprit son souffle et continua.

Pour moi, la croisade était terminée, pour le Roi aussi qui fut capturé par les Mamelouks. Libéré après paiement d'une rançon, il s'installa à Saint jean d'Acre. En 1254 nous rentrâmes au pays. Libéré de toute surveillance, je décidai de me lancer à votre recherche, dit-il en regardant Aubrée, Guillaumette et Gaspard.

- Et comment saviez-vous où les trouver, interrogea Lysandre.

– *Je n'avais pas de lieu précis. Je me souvenais seulement que Gaspard avait prévu de retourner dans sa région natale, près du Puy-en-Velay. Comment ai-je survécu sans argent ou si peu, sans logis, avec ce problème de santé, pensez-vous ? Je crois que l'envie de vous revoir m'a tenu en vie durant tout ce temps. Un ami apothicaire rencontré durant la croisade m'avait donné des tisanes pour soulager mes poumons. Je les ai utilisées régulièrement ce qui a retardé une fin annoncée. J'ai souvent trouvé sur mon chemin des personnes d'une grande bonté qui m'offraient un repas, un coin pour dormir et parfois quelques pièces sans que j'aie à mendier. Je vous avoue aussi que si je n'avais pas rencontré Lysandre, je ne serais certainement plus de ce monde. Voilà vous savez toute mon histoire.*

Quentin se leva et vint se jeter dans les bras de son père. Il se serra fort contre lui.

- Merci, Père, de m'avoir permis de te connaître et de découvrir l'homme que tu es.

- Merci à toi de m'avoir aimé aussi tendrement, merci à vous de m'avoir accueilli avec tant de gentillesse, merci à toi Lysandre de m'avoir permis de retrouver Aubrée et merci à toi, ma douce, de cette tendresse dont tu m'entoures. Je vous aime.

Toute l'assemblée était en pleurs, des pleurs de souffrance au début qui se transformaient en pleurs de bonheur.

14*

ADIEU, ELZEAR

Elzéar avait terminé son récit et un silence lourd de tous ses mots s'installa dans la pièce. Le rougeoiement des braises dans l'âtre animait les visages, bouleversés par ce qu'ils venaient d'entendre. Personne n'osait parler mais que dire après avoir écouté l'histoire de cette vie gâchée ? Les mots semblaient dérisoires, inutiles. Fallait-il le plaindre ou continuer à se taire au risque de paraître insensibles ? Mais ils savaient que le jeune homme ne voulait aucune marque qui pourrait ressembler à de la pitié, alors ils se turent. Guillaumette et Gaspard se retirèrent les premiers, puis Lysandre prit congé. Aubrée et Quentin furent les derniers.

– Dors bien, papa ! dit l'enfant en nouant ses bras autour de son cou. Oublie tous ces tristes moments. Maintenant tu es là avec nous. Tu n'as plus rien à craindre.

– Oui, mon fils ! Et tout ce bonheur que vous me donnez, efface doucement toutes ces atrocités.

– Va te reposer, lui dit Aubrée en posant un baiser sur sa joue. Tu me sembles un peu fatigué.

– Encore quelques minutes et je vais y aller ! Dormez bien vous aussi.

Il les regarda s'éloigner, entendit la porte se refermer sur eux. Bientôt le calme envahit la maison, juste troublé par instant par des craquements dans la cheminée. Elzéar se coucha mais trop fatigué par l'effort qu'il venait de fournir et perturbé d'avoir revécu cette période douloureuse de sa vie, ne parvint pas à s'endormir. Il se leva, posa une couverture légère sur ses épaules, sortit de la maison et s'installa sur un banc à l'extérieur. La nuit était belle ; dans le ciel les étoiles s'étaient toutes allumées et piquetaient le firmament de millions de petits diamants. Une brise légère lui caressait le visage apportant avec elle des parfums de fleurs. Une chouette hululait dans le bois voisin. Un calme rassurant régnait sur le jardin. Il ferma les yeux, se laissant submerger par la paix du lieu.

Un discret frôlement lui fit ouvrir les yeux. Wolf et Walky approchaient.

- Et alors, mes beaux ! Vous ne dormez pas ? demanda-t-il

- Nous avons fait une promenade, dit Lysandre qui les suivait. La nuit est si belle ! Et vous même ? Vous n'arrivez pas à trouver le sommeil ?

- Comme vous voyez ! Revivre toutes ses épreuves m'a épuisé plus que je ne le pensais. Mais finalement, c'est bien ainsi car je désirais vous entretenir d'un sujet qui me tient à coeur.

- Qu'avez-vous à me dire, interrogea Lysandre en prenant place sur le banc.

Les loups s'étaient sagement allongés à leurs pieds.

- Vous savez depuis notre première rencontre que mes jours sont comptés et que je vais bientôt mourir ?

- Je le sais mais pourquoi cette question ?

- J'ai compris que vous aviez des sentiments pour Aubrée, n'est-il pas ?

- Vous avez raison. Je l'ai aimée au premier regard. Elle m'est apparue dans cette pièce éclairée par un rayon de soleil. Sa magnifique chevelure, ses yeux, son port de tête, sa prestance, tout en elle m'a séduit. Je croyais voir une elfe sortir de son bois. Mais je ne le lui ai jamais avoué avant mon départ de la semaine dernière. Elle m'avait chargé d'une mission, celle de vous retrouver. Peut être aurait-elle eu l'impression de vous trahir en le sachant.

- Cette honnêteté vous honore Messire.

- Je vous remercie. Que puis-je faire pour vous aider ? dit Lysandre

- Voilà donc ma demande. Voulez-vous vous occuper d'elle et de Quentin quand je ne serai plus ? demanda Elzéar, un tremblement dans la voix. Je sais que je peux vous confier ce que j'ai de plus précieux .

- Vous me chargez d'une mission qu'il me sera facile d'accomplir. J'accepte volontiers et quel que soit le choix que fera Aubrée. Qu'elle accepte ou pas l'amour que je lui porte, je resterai près eux tout le temps qu'il faudra.

- Merci Lysandre. Je savais pouvoir compter sur vous. Il frissonna.

- Vous devriez rentrer vous mettre au chaud et dormir, conseilla le troubadour.

- Voyez-vous, je vais pouvoir dormir rassuré. Bonne nuit. À demain.

- Bonne nuit à vous aussi. À demain., répondit le troubadour.

Il fit un signe aux loups et tous trois s'éloignèrent vers la grange où il s'était aménagé une chambre avec l'aide de Gaspard. Il trouvait plus convenable de ne pas dormir sous le même toi que la jeune femme. Elzéar le regarda s'éloigner, les loups marchant sagement à ses côtés.

– *Merci encore à vous Lysandre. Je peux m'en aller sans crainte, je sais que vous prendrez grand soin de mes deux amours. Merci à vous aussi, Seigneur de m'avoir permis de les retrouver et de les aimer encore ! pensa le jeune homme. Je suis prêt à vous retrouver quand vous jugerez le moment venu.*

Il se signa et regagna sa chambre. Il se glissa sous son édredon et apaisé, s'endormit.

* * * *

Dans la douceur du printemps, la vie dans l'enclos s'écoulait paisiblement. Chacun poursuivait son travail quotidien. Lysandre s'absentait deux ou trois jours, poursuivant son métier de troubadour.

Il avait composé de nouvelles chansons et inventé d'autres histoires. Quentin poursuivait la découverte de son père. Il écoutait avec avidité toutes les anecdotes qu'il lui contait. Il ne se lassait jamais de ces instants si tendres partagés entre père et fils, car même s'il connaissait l'issue fatale qui interviendrait sans prévenir, chaque jour passé était une victoire de plus pour Quentin qui s'accrochait à un espoir illusoire. Elzéar avait de plus en plus de difficultés à respirer, à marcher. La plupart du temps, il n'allait pas plus loin que le banc sur le perron. Il passait de longues heures couché. Son fils ne le quittait jamais sauf lorsque sa mère le forçait à aller jouer avec les loups pendant qu'elle veillait. Et puis un matin, le jeune homme se sentit si las qu'il comprit que son heure était venue. Il envoya le garçon demander à tous ses amis de le rejoindre dans la chambre. Lorsque tous furent à son chevet, il murmura :

– Vous mes amours, vous mes amis, je dois m'en aller, le temps en est venu. Surtout ne soyez pas tristes. J'ai vécu avec vous les plus beaux de mes jours. J'ai retrouvé la tendresse, l'amour d'un enfant, l'amitié sincère. Je sais aussi que je peux partir tranquille puisqu'un homme honnête, bon et aimant prendra soin de vous, dit-il à Aubrée et Quentin. Je vous confie à lui. Aimez-le comme il vous aime.

Tous étaient en pleurs.

- Mais non, il ne faut pas pleurer. Gardez de moi le souvenir d'un homme qui vous quitte heureux comme il n'aurait jamais pensé l'être après toutes ses épreuves. Ma douce, dit-il en saisissant la main de la jeune femme. Lysandre vous aime d'un amour sincère et je pense que vous l'aimez aussi. Alors épousez-le. Vous avez de nombreuses années devant vous. Soyez heureuse sans vous sentir coupable. Quant à toi, mon Quentin, deviens un homme fort et bon. Construis ton avenir, je suis certain que tu feras de grandes choses. Guillaumette et Gaspard soyez heureux vous aussi, vous le méritez. Adieu, je vous aime.

Il s'appuya contre ses oreillers et ferma les yeux. Sa respiration se fit de moins en moins forte et puis dans un dernier soupir son âme s'éleva vers le ciel. Elzéar s'en était allé pour son dernier voyage, vers son éternité.

Ses amis le portèrent en terre dans un linceul cousu par Aubrée et Guillaumette. Sur sa tombe creusée au fond du jardin, une croix indiquait :

* * * *

Ici repose

Elzea, le forgeron de BoisJoli

1223 – 1259

* * * *

QUENTIN S'ELOIGNE

Les semaines qui suivirent furent difficiles. Elzéar avait pris une place importante dans la vie de ses amis. Sa mort laissait un vide immense que chacun comblait à sa façon. Se disant que la mort ne prévient pas, Guillaumette et Gaspard se marièrent. Lysandre, avec l'autorisation d'Aubrée, avait écrit un nouveau récit qui contait la vie d'Elzéar en Terre Sainte. La jeune femme continuait à s'interroger, se pensant responsable de ce qui était arrivé à celui qu'elle avait tendrement aimé dans sa jeunesse.

Quentin, quant à lui, poursuivait ses études. Avec sa maman, c'était la géographie, l'histoire et le calcul, tout ce qu'elle avait appris avec les nonnes et sa mère. - *Son coeur se serrait quand elle évoquait son souvenir.*

Lysandre se chargeait de la lecture, de la poésie, de la connaissance des auteurs grecs et latins mais aussi des éccrivains français. Il lui enseignait la musique. Le jeune garçon jouait du luth. Sous ses doigts naissaient des accords légers, aériens qui conquéraient son auditoire. Souvent il s'asseyait près de la tombe de son père et lui narrait ses journées, ses nouvelles connaissances, ses découvertes. Un soir comme il revenait de sa promenade avec les loups, il interpella sa mère.

– Dites-moi, Mère, aimez-vous Lysandre ?

– Je l'aime, en effet ! répondit-elle en rougissant.

– Alors pourquoi ne pas l'épouser ? Père vous l'a demandé. Après toutes les épreuves que vous avez subies, vous avez droit au bonheur, vous aussi.

– Je craignais de te fâcher, mon ange. Mais aussi de trahir ma mémoire d'Elzéar.

– Mais non. Vous ne feriez que respecter les voeux que Père a exprimés pour vous. Vous savez aussi que j'aime Lysandre comme un second père et que lui m'aime beaucoup également.

Elle attira Quentin contre elle et le remercia. Le mariage eut lieu et la vie se fit plus simple. Les années s'écoulèrent dans la joie et la tendresse. Aubrée lui donna une petite soeur au doux prénom de Jeanne.

Les années passaient et Quentin devenait un beau jeune homme qui poursuivait des études de musique et de littérature à l'académie du Puy-en-Velay. Parfois il accompagnait Lysandre dans ses déplacements. Il aimait ces moments de partage avec ses auditeurs. Il éprouvait souvent l'envie de voir le monde, d'aller à la rencontre d'autres personnes, d'autres paysages.

Un matin comme toute la tablée était réunie pour le repas, il annonça

- J'ai décidé de voler de mes propres ailes et de m'en aller sur les routes à la rencontre des gens.

- Tu veux nous quitter, demanda Aubrée dont le coeur avait battu si fort à cette annonce.

- Oui, Mère. J'ai dix-sept ans et je me sens capable de m'assumer.

– Les routes ne sont pas sûres, il y a encore des malandrins qui attaquent les personnes pour les détrousser.

– Je serai prudent ! Je saurai me défendre et j'ai deux fidèles compagnons qui feront fuir les méchants.

– Alors, va mon fils. Vis ta vie telle que tu l'imagines. Ne renonce jamais à tes rêves.

– Si vous le permettez, je prendrai Musette, la jument de Père. Je m'entends très bien avec elle. Elle est aussi bavarde que Caramel ! Ce qui fit rire l'assemblée

– Je vais préparer ta selle et tout l'équipement nécessaire. Il faut qu'il soit parfait état pour que tu n'aies aucun souci en cours de route, dit Gaspard en se levant.

– Moi, je vais te préparer des provisions ! dit Guilaumette d'une voix étranglée par l'émotion.

Le jour se levait quand Quentin installa tous ses bagages sur le dos de Musette. Il embrassa ses amis, serra contre son coeur sa petite soeur puis sa mère.

– Prenez soin de vous ! Je vous promets d'être de retour à Noël.

Il enfourcha son destrier et, suivi de Wolf et Walky, s'éloigna et bientôt disparut au bout du chemin.

* * * *

Le soleil qui brillait dans un ciel sans nuage semblait s'être posé au sommet du donjon. Perché sur son piton, le château de BoisJoli s'animait. Les gardes de nuit cédaient leur place à ceux de jour, dans les cuisines les marmitons et les cuisiniers s'affairaient autour des grandes tables chargées de légumes, de viandes et de fruits. Devant la porte du château, un cavalier se présenta.

Le soldat surveillant l'entrée, l'arrêta.

– Où allez vous, Messire ? demanda-t-il en détaillant le jeune homme.

Grand avec des cheveux dorés, des yeux sombres et un merveilleux sourire, il avait fière allure dans une cotte à manches longues sur la laquelle il avait enfilé un surcôt taillé dans un drap de laine très fin. Des braies de grosse toile et des chausses tenues par des bandes du même tissu et pour compléter l'ensemble un garde-corps de voyage dont il avait rabattu la capuche et qui s'étalait sur la croupe de son cheval.

– Je souhaite rencontrer la châtelaine, Mahault de BoisJoli, s'il vous plaît.

– Veuillez attendre ici, je vais la faire mander.

Impressionné par les compagnons du jeune homme, il en oublia de lui demander son nom et les raisons de sa visite. Il s'éloigna rapidement.

Quelques instants plus tard, la châtelaine apparut. Le jeune cavalier la regarda s'approcher. C'était une femme encore belle, grande et mince. On lisait sur son visage que la vie n'avait pas dû être tendre avec elle. Ses cheveux grisonnants et les quelques rides de son visage en étaient la preuve.

Le jeune homme avait sauté au bas de sa monture et s'inclina pour la saluer. Mahault l'observa un long moment, se demandant qui était ce beau garçon.

       – Vous désirez me voir, jeune homme ? interrogea-t-elle d'une voix qui faisait chanter les mots. Que puis-je pour votre service ?

       – Bonjour, Madame, je suis Quentin de BoiJoli, votre petit fils, le fils d' Aubrée...

La châtelaine, sans dire un mot, le visage baigné de larmes, ouvrit ses bras et le serra contre son coeur.

– Enfin ...

J'ai écrit ce livre pour deux raisons. La première parce que le Moyen Âge est un moment de notre histoire que j'aime particulièrement. Une époque riche en changements et découvertes.

La seconde en souvenir de Jacqueline, ma cousine, qui rêvait d'écrire un roman sur cette période. Elle en avait commencé la rédaction mais sa maladie ne lui a pas permis d'aller au bout de ce rêve. Ai-je concrétisé, pour elle, cette envie de voyager dans le temps ? Je ne le saurai jamais.

Enfin, si je suis arrivée au bout de ce récit, c'est grâce à mon coach, Gérard Bourguignat, qui m'a soutenue quand je faiblissais, qui m'a secouée quand l'envie disparaissait, qui m'a poussée dans mes plus profonds retranchements quand le doute s'installait. Sans lui, ce livre n'aurait jamais vu le jour.

Merci à lui.

☆·*¨`*·¸ (¯`☆ Annie ☆´¯) .·´*¨`*·☆

20 Juillet 2020

Du même auteur

Aux Éditions Stellamaris (1)

Romans

La boîte à sucre

Le secret de Constance

Une petite ville si tranquille

La bête est morte

L'île aux chats

Témoignages

Ce crabe qui en pince pour moi

Briser le silence

Aux marches du passé

Récits – Nouvelles

Trois femmes

La voyeuse

Recueils de poésies

Juste quelques mots d'amour

Émotions

Promenade

À cloche coeur

Oeuvres pour la jeunesse

Shona, femme chamane

La petite fille aux coquelicots

Chloé et ses amis

(1) En vente sur le site de l'éditeur ou sur Amazon.fr

* * * *

En vente exclusivement sur Amazon

Recueils de poésies

Fouka, souvenirs et regrets

Livres pour les plus jeunes

Les histoires de Mamie

• Miracle à Noël

• Valentin et l'ours magicien

• Qui a volé la sacoche de Casimir Timbreposte ?

• Les aventures de Chloé

• Nina au pays du Père Noël

* * * *

Aux éditions BoD (2)

Pauline, une femme pied noir

Le manuscrit assassiné

(2)En vente sur le site de l'éditeur, sur Amazon, la FNAC, Chapitre.com, Cultura et bien d'autres librairies en ligne.

Couverture conçue par Paul RODRIGUEZ,

mon cousin

Granby - Canada

sur une idée de Gérard Bourguignat